放了牛，他们自己会吃草

米米 著　迷路 绘

人民文学出版社

著作权合同登记号　图字 01-2021-6478

图书在版编目(CIP)数据

放了牛,他们自己会吃草/米米著;迷路绘. —
北京:人民文学出版社,2021
ISBN 978-7-02-015568-2

Ⅰ. ①放… Ⅱ. ①米… ②迷… Ⅲ. ①随笔-作品集
-中国-当代　Ⅳ. ①I267.1

中国版本图书馆 CIP 数据核字(2019)第 175915 号

版权所有ⓒ迷路 绘　米米 著
本书版权经由三采文化股份有限公司授权出版简体中文版
委任安伯文化事业有限公司代理授权
非经书面同意,不得以任何形式任意重制、转载。

责任编辑	甘　慧　张玉贞　杜玉花
装帧设计	朱晓吟

出版发行	人民文学出版社
社　　址	北京市朝内大街 166 号
邮政编码	100705
印　　刷	上海盛通时代印刷有限公司
经　　销	全国新华书店等
字　　数	150 千字
开　　本	890 毫米×1240 毫米　1/32
印　　张	7.5
版　　次	2021 年 12 月北京第 1 版
印　　次	2021 年 12 月第 1 次印刷
书　　号	978-7-02-015568-2
定　　价	59.00 元

如有印装质量问题,请与本社图书销售中心调换。电话:010-65233595

推荐序

纯种地球人必读的教养绝招

还孩子做自己行动联盟发起人、家庭医师 李佳燕

如果你有孩子,你要如何教养他们?还是你已经有了孩子,你正如何教养他们?

聪明绝顶花样百出,一颗心比棉花糖还软、还甜美的米米,给我们的解答,保证让人惊喜连连、绝无冷场。

其实,我每每读着米米的撇步,就会有个一直闪出来的念头,让我想把它塞回脑壳里;可是,读到下一个段落时,这念头又窜出来;最后,这念头就像小精灵般,四处闪动,根本塞不回去了。这念头就是:"米米,你根本是外星人!不!你们一家都是外星人!否则,怎么可能有这些超乎地球人习惯的教养观和教养绝招?"

坊间的教养书,多如牛毛,为了因应现在许多家长,尤其是母亲的焦虑和无助,如果要认真,读都读不完。但是,米米的文字硬是不同。

米米不教我们如何让孩子赢在起跑点;不教我们如何让孩

子乖巧听话、知书达礼、人见人爱；不教我们当孩子有哪些症状时，就要担心孩子是不是有问题，要带去治疗；不教孩子如何可以考试不用愁、读书拢免惊、拼上好学校。总之，她不教我们如何让孩子出类拔萃，出人头地，拥有世界级的竞争力。

米米家的迷路和DD，不是人生胜利组。他们的字写不整齐，数学算不快，不会参加演讲比赛、科学竞赛、钢琴表演，名字不会出现在学校门口高高挂起上面写着"贺"字的红布条上。

那米米要教爸爸妈妈什么？

她颠覆了我们过去以为"严厉治儿"才是用心负责的父母的理念。原来，"严教"是最轻松、最偷懒，也是最不需要动大脑的教养方式！像米米这样稀奇古怪地养小孩，每天挖空心思，不打不骂，不念不罚，没大没小地教小孩，才真是教一整天下来，会四肢瘫痪、脑汁滴尽的辛苦育儿啊！

她教孩子什么？

她教孩子做家事（什么？这会耽误孩子读书的时间啊！）；她教孩子不要背成语，写文章"不走脑袋，要走心"（什么！这样考试作文不就死定了吗？）；她教孩子不要背《弟子规》，那会把孩子背笨了（什么！那孩子的品格教育都不管吗？）；她教孩子考试分数不能代表你是谁，只是让你知道你懂了多少（什么！那孩子怎么会努力拼成绩呢?)。

可是，非常诡异的，米米像是会施魔法般，经常恍神的迷路、不小心就爆走的DD，在魔女米米的调教之下，渐渐成长，他们快乐、温暖、能干、充满自信，而且事事讲情论理，犹如人间天使。

如果，你有一点外星人的基因，请好好珍惜，并记得随时向米米请益；如果你是纯种地球人，只好请你把米米的文字，照三餐服用，一直到孩子长大。

推荐序

我们需要一场"拯救童年"的改革

儿童工作、儿童文学研究、创作与推广者　**幸佳慧**

当我们的孩子被压缩在"听闹钟起床、随钟声上课、放学后又安亲"的模子里；周遭楼房一直盖，孩子没地方游戏，只剩千篇一律、毫无创意的社区公园可去，孩子难道不会在课堂上看向窗外，寻找云端上的飞龙与独角兽？孩子的小手小脚难道不会在他喘不过气来时，松弛舞动一番？难道不会因为内在的心理冲突，而跟同学不小心起了口角？

当然会，但是当他们这么做时，他就得小心，因为很容易被贴上注意力不集中、过动、冲动的标签，他的小身体就得等着被评估、确诊、喂药。很多孩子在那五分钟、十分钟，或于第二、第三次看诊时，在亲人、医师两方短短的对话后，就被开了兴奋剂。然而，这些大人永远不用为他们"创意力不足"或是"教养动能不足"或是"确诊流程敷衍"的缺失负起责任。

当精神医学家信心满满地宣称 ADHD 是一种病时，心理学家与社会学家却察觉，这当中绝大多数成分是来自不稳定的社会标准所造成的流行现象。而今也有越来越多的脑神经科学学者认同：多动症的快速形成，缺乏社会结构的反省。众人若把

问题的表征一味投射到那些充满主观认定、松散而扩大的精神症状评量表上，那么，可预见的将会带来一整个世代身心健康的斫丧，成为人类发展史上真正的病态。

由于社会发展、科技进步、生存竞争等因素，过度体制化导致儿童的心理情绪被压制、切除。结果是，人类在制造"服从的小孩"的同时，也为将来制造了一批又一批"忧郁而困惑的大人"。这也是近十年来，几个欧美国家皆有专家、团体发动大规模且长年的社会运动，要求成人反省社会结构变迁带给孩子的压迫，并立即投入"拯救童年"的改革的原因。

米米的《放了牛，他们自己会吃草》这本书，就是在实践"拯救孩子童年"的育儿教养经验谈，是一位充满勇气的母亲对孩子有坚定信念，一路走来的陪伴。这当中，大人不向外在压力妥协，不因为繁琐喊累，只有投注后不断被满满的爱回馈、充实并鼓舞着。我们也因而看到孩子们身上散发的光，比星月还明亮；感受他们对外在人事物的联结，比春风还良善，比溪水还柔情。

推荐序

找到孩子的独一无二以及与众不同之处

亲职教育讲师 **魏玮志** （泽爸）

"泽爸，可以请教您问题吗？"某次演讲之后，有位妈妈满脸忧愁地向我询问。

"当然可以啊！"我回答。

"我的孩子被医师诊断是特殊儿童，不过我跟他爸爸觉得根本没有那么严重，所以有些情况想跟老师请教。"

"没有关系，请说。"

"他在班上，一直都没有什么朋友，他不喜欢跟大家玩，什么事情都是自己一个人，怎么样才可以让他融入其他同学呢？"

"你的孩子总是一个人做自己喜欢的事吗？"我问。

"是啊，他每次都可以做很久。"

"那就好啦，他做着喜欢的事情时，内心是快乐的就可

以啰！"

"但是……"这位妈妈依然眉头深锁的模样。

"放宽心啦，不管是一个人，还是一群人，只要孩子不在意，然后快乐就可以了。"

"但是，一般人是要有朋友才会快乐，不是吗？"

"我了解你的担忧。请抛开成见，同时把认知归零，单纯地重新观察孩子；每一个孩子都有其独一无二的个性，不是跟大多数人不一样就是'错'，然后，爸妈把这个'错'给无限放大。我们要做的，是好好地陪伴且找寻孩子的优点，并发挥到极致，让孩子明了，他永远是我们最棒的孩子。"我试着解开这位妈妈的心结，而这个心结，多半是爸妈担心自己的孩子跟大多数孩子不一样的死结。

"不一样，又怎样"是我在读《放了牛，他们自己会吃草》这本书时，最喜欢的一句话，虽然短短的，但却充满着勇气。因为现在的父母，非常害怕自己的孩子与他人不一样：其他的孩子几岁就会站了，怎么我的孩子还在爬，是不是有什么问题啊？大家都在补英文，如果我的孩子不补，之后会不会跟不上别人呢？班上同学都可以乖乖地听老师说话，就只有我的孩子一直举手插话，他怎么这么不听话呢？

于是，内心开始铺上了一层蒙蒙的灰，采取了"这是为了你好"的种种强迫手段，只因为我们的孩子与他人不一样。其实，世上的每一个人都是不一样的，如同书中的星星超人所说："不一样，表示我的与众不同啊！"

爸妈要做的不是把孩子变得跟他人一样，而是要找到孩子的独一无二以及与众不同之处，然后在孩子的成长路上，依着我们对孩子的了解，采用最适合的教养方式，陪着他、看着他发光又发热，让孩子发自内心地知道，我们是支持他、相信他并赏识他的。如此，真的就足够了。

爱他，就不要因为担忧而强迫他；要身体力行，直接让孩子感受到我们的爱。

自序

天啊——牛仔很忙!

天啊——

你怎么让这么小的孩子切肉?割到手怎么办?

你怎么让小学生下厨?烫到怎么办?

你怎么让小朋友自己生火烤肉?烧到怎么办?

你怎么让小鬼洗这么多又重又大的碗盘、锅子?摔破了怎么办?

你怎么让孩子玩宝可梦?被车撞到怎么办?

你怎么让男孩穿粉红色的衣服和鞋子?那样怪怪的吧?

你怎么让小孩看漫画?那种东西很不正当耶!

你怎么不让孩子补习?输在起跑点怎么办?

你怎么让孩子离开体制?这样他以后哪有竞争力?

你怎么让你儿子跟那个坏学生一起玩?被带坏怎么办?

你怎么让小孩养这么多宠物?又脏又臭还有细菌,万一感染怎么办?

你怎么让儿子自己做决定?你这个大人当假的啊?

你怎么能容忍孩子犯错?这么简单的事也做不好?

天啊——大人哪来那么多的天啊!

不过仔细想想,比起费时引导、费心启发,这些大人的做法相对更轻松。

"禁止"最快速,"限制"最省时,

"打骂"最干脆,"控制"最保险,

"命令"最直接,"服从"最省心,

"不准思考"最安全,"方便管理"最要紧,

"跟隔壁王太太的小孩一较长短"最精准。

只要将这些概念统统打包在一起，似乎就成了亚洲人独特的"严教观点"。

在这个讲求效率的社会里，"严教"是父母头上闪耀的皇冠，像我这款老木，累得要死还得背上一个"放牛吃草"的罪名。

天啊——（换老木呐喊）

你一定不知道当个放牛吃草的牛仔有多难！

无垠的草原那么大，你得盯着又不框住，顾着又不拴死，除了一路耐心地引导方向，还得研究哪里才有充满养分的牧草与水源，日复一日花上大把大把的时间陪伴牛儿慢慢长大。

讲到这里，老木终于知道为什么这么多大人宁可抓紧也不放手了。

天啊——那是因为牛仔真的会很忙啊！

目录

推荐序

纯种地球人必读的教养绝招｜李佳燕　　　　　　　　2

我们需要一场"拯救童年"的改革｜幸佳慧　　　　　5

找到孩子的独一无二以及与众不同之处｜魏玮志（泽爸）　7

自序

天啊——牛仔很忙！　　　　　　　　　　　　　　10

1 迷路爆走养成史｜关于爱与成长

我是这样生出迷路的　　　　　　　　　　　　　　22

给公公的情书　　　　　　　　　　　　　　　　　24

宝贝，你不慢　　　　　　　　　　　　　　　　　26

乌鸦反哺　　　　　　　　　　　　　　　　　　　27

身教潜移默化的威力　　　　　　　　　　　　　　29

为了爱付出，是件打从心底快乐的事　　　　　　　31

除了陪伴，也多了一份懂得	34
一份美好的缘，绝对值得等待	36
给孩子一只宠物，给孩子一次学习的机会	39
爱的平权论	43
情和义，值千金	45
离开是宇宙给孩子的任务	46
童年与青春期之间的小浪漫	51
哲学家 vs. 小屁孩	53
我看到你眼里的我自己	54
内裤小童，大师境界	55
乌托邦之门	56
鸟鸟为什么要一直飞	57
顽皮是小朋友的超能力	59
男孩不哭？	62
小男孩的收藏，不倒翁的哲学	64
"九九乘法地狱魔咒加持法会"	67

目 录

关于生与死，迷路的彩虹哲学 69
灵魂的模样 71

2 乖小孩，多无趣｜学习这件事

老木很怕养出草莓族，所以老木不当草莓农 74
不算分数的学分 79
"不停老人盐，乌龟在眼前" 82
回头，是美丽的岸 87
"有效的赞美"，如同人生的魔法关键词 91
鼓励的秘诀——改变妈妈的视角 97
天生一百分的孩子 100
每一条半径，或长或短都能画成一个圆 102
"相信"就是一种信仰，可以扭转一个孩子的命运 104
为平凡的小日子添上一闪一闪的小星星 110

看不见的北极熊	112
创作创作，要先创才能作	115
家书	118
迷路新诗创作——《不完美》	123
没有用的书	125
我们的想法常常是一连串未经思考后的谬论	126
一边流泪一边前进 vs. 一边微笑一边前进	129
越难的事越好玩	134
不要十年后的感激，只要这一刻的感动	139
当个爱的资优生	144

3 让这个星球更美好的天使｜家有动动儿

这样的正常很异常	148
你是有病啊？！	150

目录

医生说是一种病，我说是一份祝福	156
多动症是一种人格特质	158
不再便宜行事，除了药物的其他选择	160
我家的多动症宝贝，不吃药，飞更高	165
懒得陪伴之后，药还是解药吗？	170
老木是资深 ADHD	176
小卷毛迷上镜头里的世界	177
限量版灵魂，不需治疗，只需珍藏	182
你们是为了让这个星球更美而着陆的天使	184

4 儿童好，未来才会好｜培养孩子未来的能力

不一样，又怎样	188
孩子爱谁是他们的事，他们开心就好	193
孤独不等于寂寞	195

框架其实是一种依赖，拆了它，让孩子学会靠自己	198
体制教育，Bye 了，我们分手吧！	201
江户时代的神奇宝贝	207
历史课好好玩	210
回家作业好好玩	213
不肯请假的学生，超爱上学的小孩	215
孩子的智慧怎么来？	219
一个毛头小童的愿望	222
玉米与老鼠	227
一场宝可梦的修行	228
地球妈咪 vs. 外星老木　对谈集	231

后　记	238

迷路爆走养成史
关于爱与成长 1

老木累坏了……

迷路、DD 自动做家务

| 奉上饭后甜点 | 老木觉得好幸福…… |

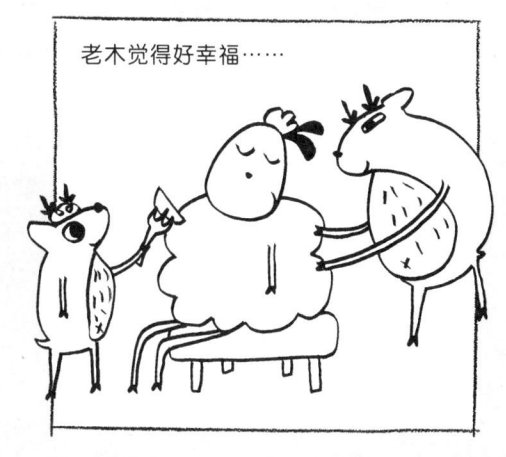

我是这样生出迷路的

曾经有一个女人,怀孕三个多月就破水了,在医院躺到七个月生下早产儿,没多久这早产的孩子被医生判定是下半身不良于行的脑性麻痹儿;由于先天不足的因素,孩子从小病个不停,六岁之前几乎是在医院里长大,七岁后还发现他是个多动症、学习缓慢的儿童。

这个女人怀着第二个小孩时遇到金融风暴,公司裁撤了整个单位,四代同堂的一家人,生计出现困窘,最惨的是几年后,女人的婚姻出状况,最终以离婚收场。

这故事听来悲凉、凄惨吗?

三立八点档导演肯定会说这是个洒狗血的好材料。

不过事实上,这个剧本后来却被改写成周星驰的励志喜剧,而剧中演员就是我们一家人。

面对可能终身坐轮椅的孩子,我们一点也不想向命运低头,外公、外婆带着这个孩子——迷路——奔走公立医院之间,排队复健;一个星期跑好几家,每次从挂号、等待到疗程结束都要花上三四个小时。一向粗犷的老派男人——外公，为了小外孙进修保姆课程，学习复健技巧，希望除了固定的公立医院排程，还能一日多次居家加强。

结果抓住了黄金早疗期的迷路不但没有不良于行，后来能跑、能跳，还能扭屁股（迷路扭起来真的很"骚"）。

人生就是不停地打怪破关

几天前，迷路沮丧地对我说："米米，我每次上体育课都是全班跑最慢的。"

我紧紧地搂着他："宝贝，你要谢谢公公、婆婆向老天替你讨回一双腿，你能走已经是奇迹了！"

我也感谢金融风暴，原来上天自有安排；他不让我当上班族，是因为我可以当老板；感谢失败的婚姻，命运对我很宽容，容许我这样一个性格上多有缺失的人重获自由，可以不做人妻、不当媳妇，这是恩典。每次想到这儿都觉得爽，毕竟能提前写完功课是件很快乐的事啊！

一路就这么歪七扭八地走来，体验格外深刻。

原来老天爷开发了各式各样难度极高的实境游戏，不是要你认输，而是要你破关。

给公公的情书

父亲节，小迷路给老山羊的一封情书：

我刚刚出生的时候，医生说我可能一辈子都要坐轮椅，因为生产的时候缺氧，伤到大脑里的腿部运动神经，医生说那是脑性麻痹。

可是我的公公很爱我，每星期抱我去大医院排队复健，而且是去好多家医院。公公明明是一个爱看美式摔跤和搏击的老派硬汉，却为了想知道怎么照顾我，去上保姆课程，还去学了物理复健，每天在家帮我按摩，所以后来我可以走路都是因为有公公，公公是我的守护天使。

现在我看到的公公每天替我们做很多事，从幼幼班开始每天牵着我的手，陪我等娃娃车，放学也在那边等我；替我们买菜、切水果、洗衣服，还种了一整个露台漂亮的花花草草，可是听说公公年轻的时候很爱打架耶！

我现在完全看不出来，只觉得公公把所有的时间都用在照顾我们上了。

米米说:"公公是个超级大男人主义,**因为只有真正钢铁一样的男子汉,才愿意扛起所有的责任,才有办法给家人这么多爱**。"

我的公公很爱戴帽子、很爱唱歌、很爱玩音响、很爱看书、很爱看吵架节目,而且,很爱我们。

公公是老抠抠里的金城武,也是保护我们全家人的碎碎念超人,公公是全世界最棒的"把拔"了。

祝我的公公88节快乐!

宝贝，你不慢

当初医生说："他可能一辈子都要在轮椅上度过了。"

一个因为早产加难产而伤了大脑负责腿部运动神经的孩子，一个被医生宣判脑性麻痹的孩子来到这个世界。

记得他会爬的那一刻，我红了眼眶；记得他会站的那一天，我抱着他边笑边哭；记得他迈开两条小腿儿走出第一步的那一瞬间，我抬起头来对着宇宙大喊："谢谢你！"

后来他就这么学会了跑步、学会了蹦跳，也学会了在人生的路上不断向前。

今天又是个大日子，迷路学会了脚踏车。

之前，旁人总是说："啊？都这么大了，还不会骑脚踏车？迷路，你都小五了耶，现在还不会，也太慢了吧！"

于是，今天迷路修炼成功之后，我比他还激动，我把他抱得紧紧的："宝贝，你不慢，一点都不慢，你早就打破命运给你的进度表了。"

乌鸦反哺

这几天有点累,午餐后我跟两个孩子说:"米米先去躺一下。"

大只的说:"米米,茂谷柑很甜耶,我切给你吃,好吗?"

我说:"不用了,乖。"

我继续躺在床上,外面一点声响都没有,安静异常。

过了一会儿,两只小宠物蹑手蹑脚地溜进房里,端着一盘去皮、去籽的茂谷柑来到床边,小只的扒开我的嘴,大只的把水果送进我嘴里。

他们贴着我的耳朵,轻轻地说:"米米你继续睡噢,眼睛不要睁开我们喂你就好,这是饭后甜点噢!我们知道你很累啦!你不要动。"

然后两个人七手八脚地对我进行喂食。

我突然想到反哺的乌鸦。

那些鸟儿从不需要把孝道念兹在兹地挂在嘴边，大乌鸦就只是这么深深地爱着小乌鸦，有一天小乌鸦长大了，也自然而然学会了爱。孝顺其实不是什么高深的教条，更不是硬邦邦的大道理，**孝顺就是简简单单的"我也爱你"**。

身教潜移默化的威力
· ·

我的奶奶是个很孝顺的人，从小看着她无微不至地照顾曾祖父母，从起居、饮食到情绪，样样俱到，那个年代的女人根本没有接受什么教育，识字也不多，我很确定她没背过《弟子规》。

我父亲孝顺的程度更是不亚于二十四孝了，他一路侍奉祖父母与母亲；奶奶临终前将近十年的时光，得了阿兹海默症，躺在病床上意识混乱并不良于行，我的父亲，也就是迷路的公公（外公），为此从不出远门、不旅行、不出境，离家总不超过两小时；奶奶的饭菜是我母亲（迷路的外婆）仔细设计过的菜单，餐餐口口是我父亲一汤匙一汤匙喂进奶奶的嘴里。即使父亲也日渐年迈，体力有限，后来不得不托给专业看护，他仍随侍着老母亲，经常花上大把时间对着神智不清、听力几乎完全退化的奶奶边按摩边说话，尽管奶奶眼神空洞，早已毫无互动。

父亲总是坚持亲自喂食。因为他说："别人喂的，奶奶不爱吃。"

孝顺是身教,孝顺不是教条,更不是戒律。

孝顺就是爱。

我们家这么一代看着一代,谁还能离谱到哪儿去呢?

为了爱付出，是件打从心底快乐的事

孩子们除了学会照顾宠物的日常，最近还惊喜于猫咪爱吃猫草的这个小小发现，于是，他们开始疯狂地种植猫草。

小朋友先是小心翼翼地找了个晒不到阳光的室内角落，生活习惯也因此改变了，每天早上醒来的第一件事不再是换下睡衣，而是替猫草浇水。

往后两兄弟最期待的，就是每晚收割新鲜猫草，放进猫咪碗里的那一刻，看着碰皮、椪柑一口口吃着，两个小哥哥总会蹲在一旁眯眯眼笑着。

小猫奴为爱变成小园丁。

昨天傍晚我们带着宝瓜、碰皮和椪柑散步时，迷路说："米米，我体会到一件事耶！"

我问："什么？说来听听吧。"

迷路说："就是呢……能够为了自己的爱付出，感觉真好！"

后来又有感而发："每次听到有人说：'你们家的猫狗都不是纯种的'，我就觉得他们很笨，只看血统会错过很多幸福的啊！"

我停下脚步，在人行道上川流的人潮之中按下暂停键，紧紧抱住两个小儿和三只毛小儿，此时无声胜有声，我们母子六人共同分享着同一份"懂"。

这一天，孩子说出了两件非常重要的事。

第一：**为了爱而付出，是件打从心底快乐的事。**

第二：把规格放在性格前面，注定会错失很多美好的缘分，特别是亲子关系，千万**别让"标准"遮蒙了眼与心**。

其实孩子的美好一直摆在你面前，只是你看不看得见而已。

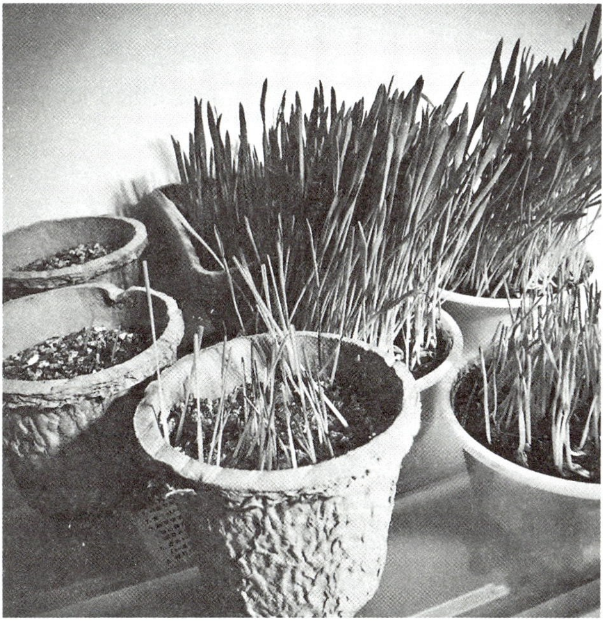

除了陪伴，也多了一份懂得

早上，发现迷路睡在地板上，胖嘟嘟的肉体卡在床和柜子中间的窄小夹缝里，我问他为什么要躺在那儿。他说平常猫咪都睡床头柜，但是昨晚三只都跑来床上睡："我怕它们太挤会不舒服，所以就把床铺让给它们了，我睡地上也很OK啊！"

我们家正式被喵星人统治……

天啊，拥有这些毛茸茸的家人真美好！人生不但多了许多陪伴，跟毛小孩一起长大的小孩也将多出一份懂得，懂得热爱生命，懂得温暖与爱。

日后长大成人，在面对生命中种种挫折与压力时，毛小孩就成了孩子们灵魂里最大的宽慰，这世上最单纯、最无伤、最容易相信也最轻易付出的，不正是这些汪汪喵喵吗？

身为万物之灵，你有权自视甚高，也有权因着莫名的优越感而对宠物百般不以为然，在多元的时代里我们尊重多元观点，其中当然也包括了"讨厌毛小孩"这个选项，但是，既然**身为一个"人"，就不该残害别人的家人。**

这些毛小孩可能是某些人的儿女或弟兄姊妹，也是某些人最纯真的挚友，**你可以不爱，但真的不能伤害！**

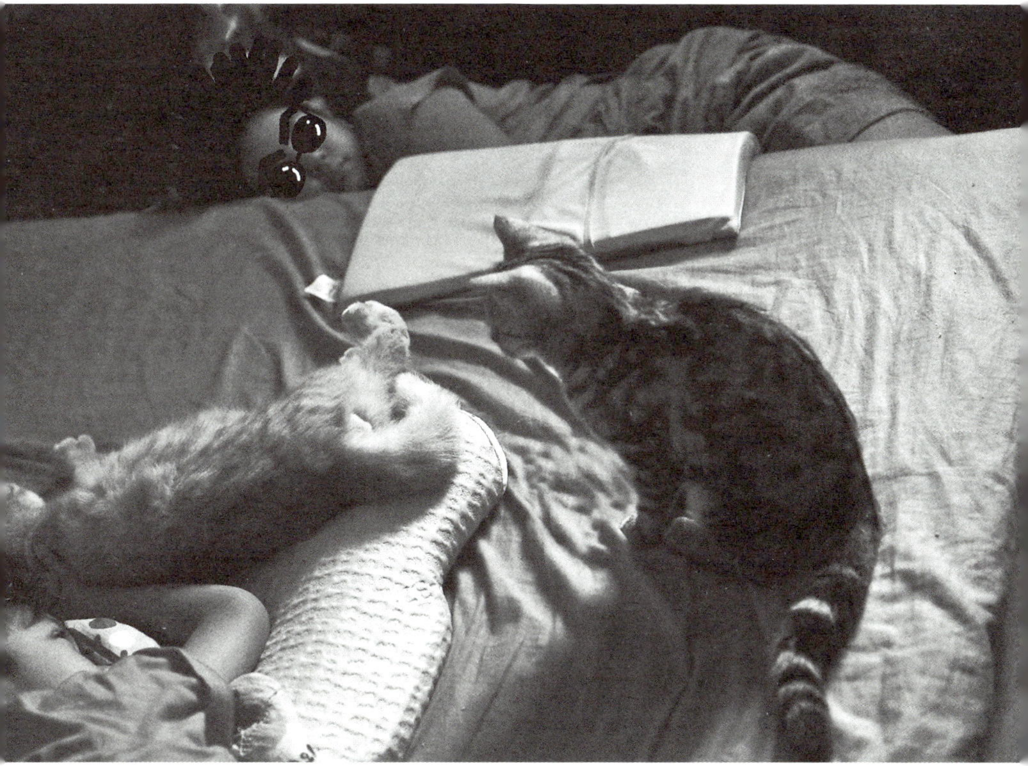

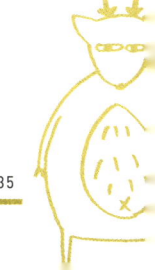

一份美好的缘，绝对值得等待

迷路的初恋情人是一只叫"豆皮"的胖胖大橘猫，它是迷路此生第一次享受亲手拥猫入怀的甜蜜感动。

于是，迷路一直梦想能找到一只属于自己的大橘猫。

一年前我们就开始四处寻找橘猫，却始终没遇到好因缘。许多状况是打电话询问时早已被领走，有一些听到我们家有狗便直接拒绝了，还有好几只喵喵在我认真填写了落落长的认养意愿表格之后却全无回应；也有些离我们太远，远在台中、嘉义、屏东等，梦想很难实现，毕竟中途之家也无力远征台北访视我们的住处。这一路的经验里，从五年前的宝瓜到几个月前的碰皮、椪柑至今，我们发现认养小动物不如想象中简单，天时、地利、人和缺一不可，不过我们也很清楚，一份美好的缘，绝对值得等待。

天上掉下来的小礼物

缘分就是这么奇妙的东西，有天某位米米的客户打电话来，他听说我在寻找橘猫，所以请我去建案工地看看，那里刚好有一只等家的大橘猫。

原来去年圣诞节的晚上，有只母猫跑到工地生了一窝小猫，一阵子之后母猫离开了，留下六只花色各异的小猫。现场的工作人员都是好心人，轮流替猫咪购买食物并喂养，不但准备了遮风避雨的大铁桶跟猫砂盆，甚至带它们去兽医那里打预防针，也用了驱虫药和除蚤药；不久后六只小猫里有五只陆续离开流浪去了，只剩下一只胖胖的大橘猫始终留在工寮不走，至今已八个月大。

由于房屋即将完工，工作人员担心交屋后猫咪被住户驱赶，所以赶紧找我去看看是否能把它带走或另行安置。

就这样，这只八个月大的胖橘猫就成了天上掉下来的礼物，我们欢天喜地地迎它回来成为我们的家人。

带回家后发现它并不健康，看了兽医后，确定有呼吸道阻塞的问题，可能是长期生活在工地粉尘太重的缘故；还因为前一阵子常常淋雨而感冒了，除了流出黄黄的浓鼻涕、泪流不止、打喷嚏之外，也有些发烧，好在做了一系列检查之后，这只猫咪没有多余的问题，艾滋白血阴性，体内也没有寄生虫。

由于我们家还有年纪尚小的碰皮和椪柑，医生建议谨慎隔离。

于是，迷路和爆走两个小朋友的考验就来了，要照顾家里

本来就有的一狗二猫已经不容易,现在又加上一只生了病,却不吃、不喝、不尿尿、不大便也不爱吃药的陌生成猫,破关难度升级再升级!

给孩子一只宠物，给孩子一次学习的机会

迷路替新来的这只大橘猫取了名字——起司胖。

为了隔离起司胖，我们买了个组装困难的三层猫笼（打开才知道有多难，还得专程跑去五金行买特殊工具，傻眼！）不过迷路突破万难组装完成，十一岁的小孩大粒汗、小粒汗地整整忙了两小时。

因为一份浑然天成的爱，成了全天下最温柔细心的照顾者

第一天，起司胖老爱打翻水，孩子一见笼里湿答答，就轮流替它换上干净的报纸，当晚又要求我带他们去宠物店买猫用止滑碗，这个问题就解决了。

当然还有更多的问题陆续发生，起司胖刚到陌生环境，所以十分紧张，连着三天不进食也不排泄，孩子把零用钱掏出来购买各式各样的罐头和零食，想方设法诱引起司胖吃点东西，毕竟它已经是病猫了，不吃不喝让人焦虑。

接着，小朋友们试着把起司胖抱在腿上按摩膀胱，刺激它尿尿的欲望，还负责替它点眼药、清耳朵与梳理这辈子从来没

梳理过的毛发。

最困难的莫过于喂药的部分了，那难度简直比咸蛋超人大战哥吉拉还刺激！

起司胖不吃药，迷路焦急地对它说："你你你！你这么难喂药，哪有资格生病？"

哈哈哈！好妙，这句话很有既视感，似乎早在两兄弟幼儿期不肯服药的那个年代里老木也常常这么对他们说，迷路和DD这下子终于懂了父母心。

结果，用手喂药行不通，会被咬，买了投药器还是行不通，这种器具使用难度颇高，如同一个未经训练的奴婢，若想操作在一只狂野的猫主子身上，成功概率为零，怎么喂进去就怎么吐出来。但是把药加在饭里也不成，因为起司胖根本不吃饭。最后我们想到了一个方法，我们买了肉泥混入药粉，然后把那一坨东西涂在起司胖的嘴巴和鼻子上，由于猫咪很爱干净，它不得不把毛发上的东西舔光光，于是我们再破一关，为自己克服难关的精神用力拍拍手。

那阵子两个小子总是一人端一把小板凳坐在猫笼前面，时时刻刻盯梢，也不断传来好消息。

"米米，起司胖终于喝水啦！"

"米米，起司胖终于吃饭啦！"

"米米，起司胖终于尿尿、便便啦！"

"米米，起司胖开始玩球球了耶！"

两个孩子半夜还会爬起来，跑去笼子前面探望起司胖的状况。

另一方面，两兄弟为了保护椪柑和碰皮不受感染，总在料理完起司胖的事务之后，洗头、洗澡，换上干净的衣服，并时时使用酒精消毒双手与器具；好比梳过起司胖的梳子，装过起司的提篮等等，这些事情不必老木交代，平时神经线比大象腿还粗的两个男孩儿，因为一份浑然天成的爱，成了全天下最温柔细心的照顾者。

在玩耍中学会了"爱"与"付出"

因为起司胖就这么出现了，所以孩子们也放弃了许多外出玩耍的活动。

我问他们遗不遗憾，孩子们说："我当然知道就算我们出去玩，米米也会照顾起司胖，但是我们爱起司胖，想看着它一天天好起来！"

这真是让人感动啊!

能出去玩耍当然很开心,但是留在家里照顾一只需要照顾的生病猫咪则是更好的学习,对他们来说,这不但是另一种层面的玩耍,而且能在**玩耍里学会"爱"与"付出"**;每个过程中细腻观察、关照,感受种种需求,思考并提出解决方案,大胆假设、小心尝试,从一次次不同的实验里找到最正确的结论;另外,这次经验也意外地让两个对金钱毫无看法的孩子感受到活用零用钱的真谛。

关于孩子的责任感以及体贴他人的能力,我总觉得爸爸、妈妈往往念破了嘴都是耳边风,但是只要一只小动物走进生命里,由于爱、由于引导、由于相信孩子,他们就绝对有办法让大人惊艳。

关于我们家一狗三猫的照顾,孩子把重责大任完全扛下了,这绝对是人生中最好的学习,也是学校和课本里未曾教过的生命课程,真切入心,一生受用。

爱的平权论

爱不分品种,不分颜色,不分阶级;

爱与自己一样的,也爱与自己不同的;

说出来的是爱,行出来的就不能是恨。

放下品种迷思,放下人与人之间的标签,不一样又怎样?

这"爱的平权论"是猫咪教我们的事。

梅干菜菜子不管小美是陌生小猫，不管他的颜色
不管品种，不管他们之间有多不一样
他就决定要爱小美了，虽然他是猫，但是连猫咪
都知道要爱跟自己不一样的人，因为爱就是爱
爱没有分别，有分别的是没有能力爱的心

迷路

情和义,值千金

晚上,婆婆房门前出现了一坨带着屎的小脚印。

婆婆尖叫:"天——啊,啊——这是谁的大便?到底是谁闯的祸啦——?臭死了!"(怒)

DD第一时间冲过去顶罪:"是我大的!"

这是真爱,情和义值千金。

离开是宇宙给孩子的任务

胎儿待在母亲腹中的时程是九个月，子宫是一种交通工具，乘载着从宇宙来的旅者抵达全新的目的地。

诞生，是孩子第一次选择离开你。

孩子自离开子宫的那一刻起，就一直走远未曾停歇

他们来到世界之后能让你抱着的岁月并不长，所以当长辈劝诫着："孩子不要太常抱，抱多了不好带、抱多了爱哭……"这时候，你得清楚如此亲密的拥抱是限期的，约莫八个月起他们就开始爬行，开始脱离你的怀抱。

这是探索世界的开端，也是孩子第二次离开你。

慢慢地，孩子会站了、会走了，生活的领域扩大，往后的日子里他们热衷于冒险，歪歪倒倒的每一个可爱步伐其实都是实务演练，演练着未来将如何在大千世界里行走得更稳健。

渐渐地，能抱在怀里的时间少了，由于他们的每个今天都想比昨天走得更远，自然而然地，他们背对着父母的时间也越来越多。

这是孩子第三次离开你。

后来孩子学会了奔跑,你在他身后追啊追的,还不忘喊着:"宝贝,小心啊!"他们擅自拉开了与父母之间的距离,虽然只是身体,不过终究开始有了距离。

这是孩子第四次离开你。

用一生来承袭爸妈的教导,让爱继续漫开

慢慢地,孩子来到青春期,他们开始探索关于"本我"的模样。

我是谁?

什么是我?

我是什么形状?

我的能力到哪里?

我的方向在哪里?

我要用什么样的装扮来建立自己的形象?

我要用什么样的行为模式来定位我的风格？

这个阶段的人类渴望借由收集各种关于"我"的零件，组装出一个属于我的"我"，好与父母花了十几年时间塑造出来的"我"做出区隔。因此，他们开始力抗阻碍他们主观意识的所有威权阶级。

父母心碎一地，焦虑地说着："天啊，这孩子怎么了？他为什么不像以前一样听我的话？"于是亲子之间变成人间最不宁静的武道场。在大人控诉孩子"不听话"之后，紧接而来的是孩子回头指控大人构筑的"代沟"，事实上在"代沟"的字面意义背后，指的不仅仅是世代之间的看法歧见，还隐藏了更深的意涵——意味着父母在失去主导权的过程中，因恐惧抓得更紧，控制身心灵的欲望更强大，而孩子也因为父母的紧抓而跑得更远。

父母一方，因控制而控制，毕竟面对孩子的青春期往往是措手不及的，还来不及告别他们的童年，童年已经不打算回头，在那样的仓促之间，大人忘了提前学习除了控制之外的对待方式。

孩子一方，因反叛而反叛，在来到下一个武道场之前，父母永远是最现成的对手，为了捍卫"本我"的存在，他们不停挑战。

其实孩子自离开子宫的那一刻起就一直走远未曾停歇,先是身体的离开,直到青春期,他们的心,也慢慢离开。

这是孩子第五次离开你。

但是这次的离开是认真的了,青春期是上天的巧思,是宇宙为了让人类累积战斗技巧而存在的一个阶段。这个时期的孩子很叛逆、想自主、很容易剑拔弩张,那些都是为了日后的生存而写下的应用程序;人总要长大,他们将面临职场上的单打独斗,将拥有婚姻或为人父母,也必须准备好迎接全新人生的能力,关于那些你看不顺眼的种种,往往正是前往成年世界的行前训练。

于是青春期成了人生里最奇幻的过场,让人们在仍带着儿童的天真之中告别天真,在逐渐成熟的身体里等待成熟。

这是上天的美意,毕竟人们如果从儿童直接跳跃到成人,那既残酷也行不通。

孩子的一生都在挣脱父母,他们一辈子都在寻求"离开"的各种可能性。这是天意,是宇宙不变的定律,既是如此,那就让我们学着当个放风筝的高手吧!

拥有不等于占有,放手不等于松手,那如丝的细线在空中看似隐形,但那是牵挂,不是羁绊,陪伴一直一直都在。

无论孩子在一生之中将离开我们几次，但总有一次会换成我们离开，到了那一天，孩子早已成就了一个完整的"我"，那个"我"，独立、从容而自信，用一生来承袭爸妈的教导，让爱继续漫开。

童年与青春期之间的小浪漫

小六这个年纪究竟有多尴尬？看看迷路摆在床头上的书就知道了。

有些书他肯定看得懂，却不如从前那般着迷；有些书他肯定要雾里看花，却硬着头皮也要尝试一下征服大人书架的成就感。

前一秒还一派学者姿态讨论着量子与虫洞，下一秒又傻笑跑去看妖怪手表。灵魂里一国两制，一边是不发毕业证书的幼儿园，一边是不发入学通知书的研究所。

陪着孩子长大真有趣！虽然每个阶段都可爱，但是站在童年与青春期的地界线上，那种可爱既尴尬又玄妙，总在每一个想当大人的念头里，一不小心又变成小宝宝了！

52

哲学家 vs. 小屁孩

今晚睡前谈心,我们随口聊到:"为什么养小动物会让人们这么快乐啊?"

原本我以为会得到"因为它们长得很可爱"之类的答案,结果孩子们给了我一个非常另类的切入点。

小朋友说:"那是因为在动物身上,可以看到当人类没有的好处啊!"

我说:"哦?比方说?"

迷路说:"小动物不用记得昨天的事,也不用管今天该怎样,更不用想明天会如何;但是当人类就很麻烦了,昨天、今天、明天……每一天都有任务,所以我们人类才会羡慕动物啊!"

我说:"哇!你果然是哲学家!"

DD说:"换我了换我了,还有啊,小动物不用上学、不用写功课和考试,而且它们可以大便在地上,还可以一星期洗一次澡就好了!"

"哇!你果然是小屁孩!"我说。

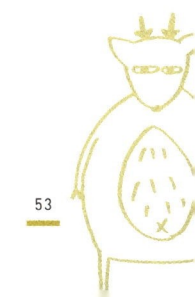

我看到你眼里的我自己

今天 DD 放学回家后赖在我身上讨抱抱,他看着我的眼睛,发现我的瞳孔里映着他自己,于是说了这段话——

我看到你瞳孔里的我自己,

虽然那是你眼睛里的我,

但是在别人眼睛里的我,还是我

我说:"DD 你赶快写下来,这是诗!"

DD 说:"这是诗?这只是我说的话呀!"

没错啊!小孩子说的每句话都是诗,澄澈的灵魂,透明的**真理,不管别人怎么看,你,就是你。**

米米又被开示了!

内裤小童，大师境界

孩子每天都会跟我聊学校里发生的事，同样的，我也会跟孩子分享生活与工作上的经历；这阵子，我遇到一个让我情绪非常不"美丽"的狠角色，心里很纠结。

DD 问："米米，你很爱她噢？"

我说："吼——我干吗爱她啊？！"

DD 说："咦？如果她不是你爱的人，你干吗要为了不爱的人浪费心情啊？"

孩子的心很纯净，所以说出来的话特别透明，还好有迷路和 DD 做我人生里的精神导师；大人有时像迷失的羊，孩子是我们的牧羊人，时时指点迷津，带着大人找到有甘泉、有阳光的那片青青草地。

孩子总是比我们更接近真理，内裤小童，大师境界。

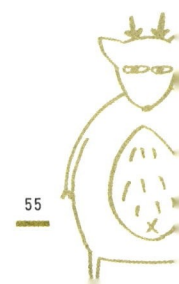

乌托邦之门

今晚睡前,两个小子聊到某个非常严苛的同学妈妈,以及其不可思议的管教方式。

迷路思考之后,给了一段看法——

"每个妈妈的心里都有一个 Utopia(乌托邦),只是有些妈妈的 Utopia,门盖得太窄了,小孩子根本进不去。"

【猩海螺盘之迷语录】

鸟鸟为什么要一直飞

爆走 DD 的新诗创作，DD 也很文青哟！

翻译年糕：

"鸟鸟为什么要一直飞，

为什么每次休息一下下又继续飞？

我猜那是因为鸟鸟必须飞，

因为只要一停下来，

它就会发现自己很寂寞。"

米米发觉此文字意境不仅适用于鸟类，也很适用于人类呢！

好比工作狂、一直滑手机的人、一直跑趴的人……

用各种方式企图填满生活隙缝的人，

或许也就是因为只要一停下来，就会发现自己很寂寞吧！

慢慢ㄇㄢˋ為什麼要一直飛

為什麼ㄅㄨˋ能ㄒㄧㄚˋㄧˊ下下又ㄓㄨˋㄉㄨˋ?
我ㄒㄧㄤˇㄕㄡˋㄕㄡˋ慢慢ㄗㄡˇㄌㄨˋ
ㄖㄨˊ果ㄓㄜˋ一停下來他ㄐㄧㄡˋ會
ㄧㄠˋㄕˇㄉㄧㄠˋㄒㄧㄚˋㄑㄩˋ。

DD

顽皮是小朋友的超能力

放学的路上，爆走 DD 突然发现地上的水泥与落叶巧合地形成一张"奥嘟嘟"的不爽 Face。

DD 指着地上说："你们看！这地板是个大人耶。"

"葛格"（哥哥）和同学一起问："为什么这个地板是大人？"

DD 说："因为大部分的大人常常不知道怎么开心啊！"

DD 想了一想又说："但是我有一天也会变成大人，到那个时候搞不好我也不知道怎么开心了；还好我现在还是小孩子，所以每天都很开心，每天都很皮，因为开心所以才皮啊！顽皮是小朋友才有的超能力，大人就是因为忘记怎么开心，所以就失去超能力了。"

米米听到这儿，一把将 DD 拥入怀里抱紧紧。

DD 回头，看着米米说："你算是还有一点超能力的大人啦！因为你不太正经，而且太幼稚了。"（这算称赞还是……?）

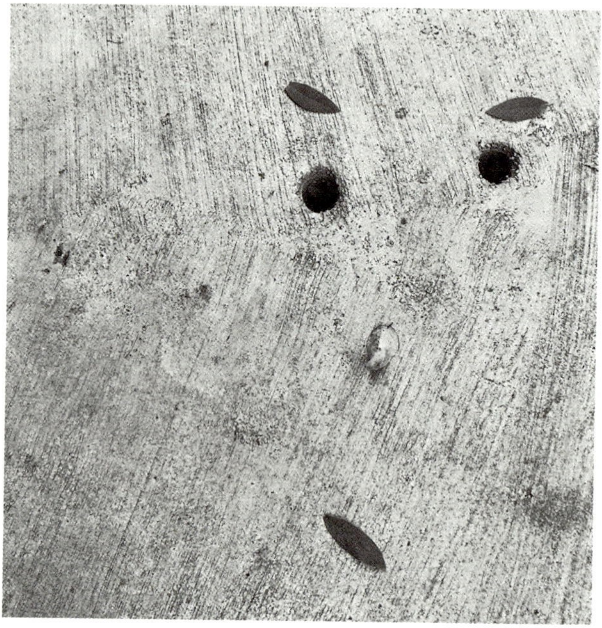

孩子是我们的导师,只要你愿意仔细把他们的话语从耳里听到心里。

有孩子陪伴的岁月好美,好简单。

男孩不哭？

今天带 DD 去补打疫苗（之前缺货）。

DD 说："大家都说男生打针不能哭哭耶！"

我说："没那回事！宇宙给了女生和男生一模一样的泪腺，如果女生被允许使用泪腺，那男生为什么不行？DD，等一下如果觉得害怕、觉得痛痛、觉得想哭，那就放心地哭吧，你一点都不需要压抑或忍耐噢！"

DD 说："可是万一我哭哭，旁边的人笑我是不勇敢的男生怎样办？"

"谁说男生不能哭？而且你根本不用在意路人甲的看法。**掉泪的人不见得很软弱，不掉泪的人也未必真强悍；人啊！总是在哭完之后，才能获得更大的勇气去面对困难噢！**"我说。

结果连续打完两针后，DD 又哭又笑，一边喊"好痛！"，一边喊"好爽！"

他说:"原来没有想象的那么痛嘛!只是我太紧张了而已,下次就知道不用那么紧张兮兮了。"

(其实最爽的人是在一旁幸灾乐祸的葛格。)

小男孩的收藏，不倒翁的哲学

小男孩迷路，他最心爱的收藏不是一般孩子喜爱的塑胶玩具，而是几个小小的手感达摩，有木制的、陶制的，也有纸浆制成的，都是旅行途中带回来的纪念品，他对达摩情有独钟。

我问："你为什么特别喜欢达摩呢？"

他说："他跟我一样圆圆的。"

老木扑哧笑了一声："只是这样吗？还有没有别的原因？"

迷路说："达摩看起来很圆，傻傻的，一点也不时尚，外表完全不厉害，也没有杀伤力，但是你知道吗？其实他是很厉害的噢！"

"哦？怎么说？"我问。

迷路："他是个不倒翁，无论你想从前、后、左、右哪个方向推倒他，他好像会倒，但又不会倒，那一秒看起来像是服从了外来的压力，但他只是顺势吸收压力的能量，然后马上又释放那股能量，很温柔地反弹回去。反正他始终会站稳的。"

"最简单的形状其实最厉害了，他没有手所以不出手，但是他不出手，也没人打得倒，那些没有眼睛的达摩就更厉害了，他不用眼睛看，用心就可以平衡了。"

"米米想介绍一个人让你认识，他叫老子，他的书很棒，我猜你看完之后会想跟他交个朋友。"我说。

迷路说："我知道，我在书上有看过他，是个骑在牛背上的老爷爷。"

我说："虽然你平时的生活表现很五岁，袜子、裤子乱丢，坐车会坐过站，忘东忘西、神经大条又爱跟 DD 吵架，但是在你小脑袋里的某个角落，有个神秘的抽屉，那抽屉里装着一个跟这位老爷爷一样老的老灵魂。"

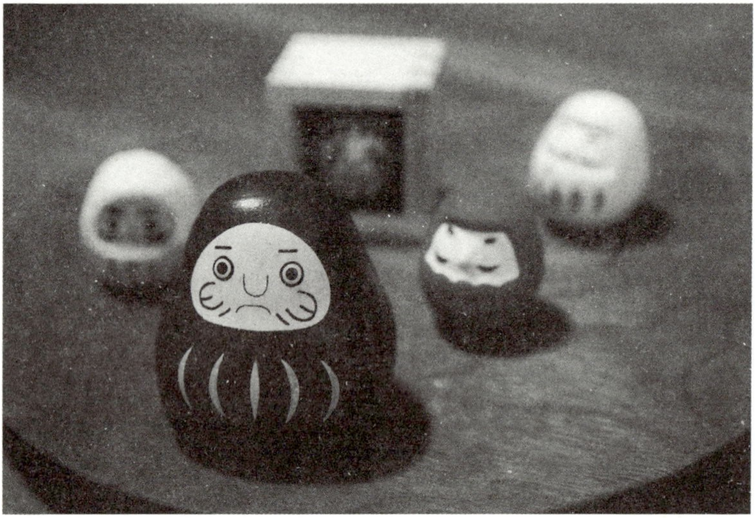

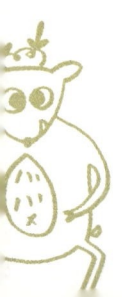

"九九乘法地狱魔咒加持法会"

一天晚上，两个小孩吵着想熬夜。

小孩："米米我们想试试看熬夜是什么感觉耶！"

老木："熬夜会长不高，对身体不好噢。"

小孩："米米就试一次嘛，好不好？"

老木："好吧！那我们来熬夜玩游戏！"

小孩："好耶，要玩什么？"（兴奋）

老木："我们整晚轮流想游戏好不好？那我先想一个噢。这样吧，米米把码表打开，然后来比谁九九乘法背得最快，好吗？"

小孩："哦耶！简单，开始吧！"

DD："212、224、236、248……313、326、339……"

葛格："什么？DD竟然睡着了啦，好逊噢！说好的熬夜呢?"

老木:"好啦,不管他,该你。"

葛格:"212、224、236……424、428、43……"

傻孩子,跟老江湖斗,道行还差得远。

关于生与死，迷路的彩虹哲学

孩子们说："我们好爱好爱宝瓜、碰皮、椪柑和起司胖，如果有一天它们死翘翘了，那我会痛苦到不知道该怎么办，好不希望有那一天噢！"

我说："小傻瓜，所有的生命有开始就有结束，我们一定会很难过、很难过，但是也要接受**生命就是一种循环**。"

迷路说："我知道啊，不管是人类还是动物，死掉后一部分会变成灰、变成泥土，然后也变成养分，会开出花和果实；一部分会蒸发变成空气，不管是哪个部分，都会跟着地球三态一起循环。"

DD 说："然后地球上所有的东西有一天都会变成小小小小的，像书上写的分子、原子、次原子、粒子……什么子什么子的，搞不好我们用来盖一〇一大楼的泥土里也有恐龙的成分耶！"

我说："你们也太棒了，**因为喜欢探索自然科学，当然很清楚这就是宇宙的定律啊！**"

DD:"虽然知道,但是人家还是不想要、不想要、不想要嘛!"

我说:"千千万万小动物里我们遇见了宝瓜、碰皮、椪柑和起司胖,千千万万人类之中,宇宙把它们托付给我们,那是礼物,也是很美丽的缘分。

"我们欢喜收下这份礼物然后好好珍惜,无论时间长短,只要够美,一切足矣。有一天,当宇宙把你最心爱的动物接走,表示它们也圆满了任务,让你们学会了如何去爱、去付出、照顾,以及责任感。

"虽然形态改变了,不再是狗狗或猫咪的模样了,但是,它们会以另一种方式继续存在宇宙之间噢。而且啊,到了那个时候,你们会**因为爱而成为一个更好的人**,所以我们一定要用祝福的力量送它们去下一段更美好的旅程!"

DD:"那它们接下来会去哪里旅行呢?"

迷路说:"我猜大概就像彩虹一样,能见到很好运,但是彩虹总是要消失的,而且下一次会出现在哪里?永远也没有人知道。所以我们也不要再猜来猜去了,反正,**看到彩虹的时候一定要很用力地去感觉,把感受刻在心里,循环成永远'我'的一部分。**"

灵魂的模样

母子三人讨论着关于"灵魂的模样"的想象。

迷路说:"滚滚(爆走DD)的灵魂里是一只很皮的耍宝猴子,米米的灵魂里住着一个大胡碴男!"

我说:"那你的灵魂肯定是一只胖嘟嘟+软乎乎+懒兮兮+慢吞吞+傻呆呆+谁都喜欢赖在你身上的水豚君!"

乖小孩，多无趣
学习这件事 2

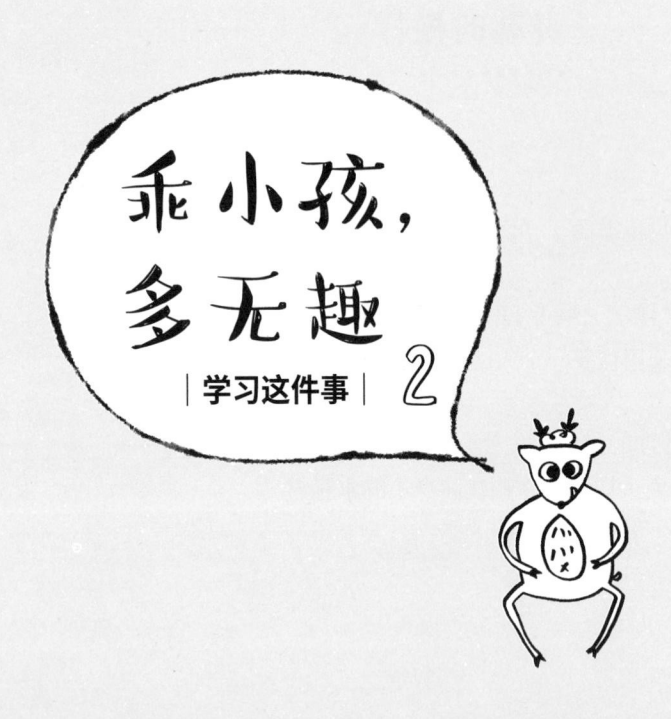

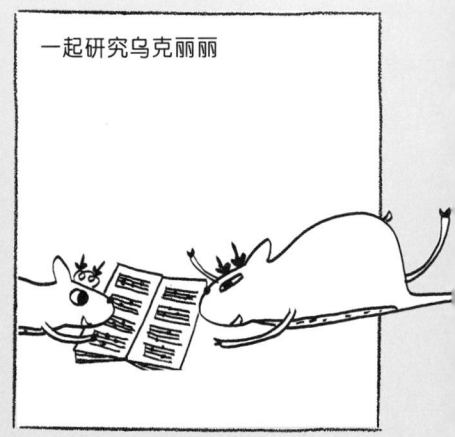

管它什么歪七扭八的音乐，儿子们演奏的就是帅！

一起研究乌克丽丽

一起看演奏影片

一起开心地弹奏

老木很怕养出草莓族，所以老木不当草莓农

今天帮米米缝好破掉的睡衣和帽子上松掉的皮绳，还煮了温泉蛋给米米吃。

DD 洗了碗，帮米米整理了房间和书桌，还折好洗干净的衣服。

米米说她是全天下最幸福的米米，我们也觉得我们是全天下最幸福的小孩子。——迷路

数不尽的做家事的好处

几年前开始，我把家事当游戏引导孩子，几年后，我惊喜于孩子们的成长，渐渐地，对他们而言，家事不仅是游戏，更逐步从被动化为主动，从主动之中又达成了熟练度。

总会有些人问："让男孩子去练习那些鸡毛蒜皮的小事干吗？男人是要做大事的啊！"

遇到这种清朝人，我都会跟他说，如果连你所认为的小事都不能做好，那就甭谈什么大事了吧！？况且家事从来都不是小

事，**从处理各类生活问题里，孩子们可以获得很好的逻辑、推理、条理与组织力操练，**所以谁也没有权力剥夺男孩的权利，男孩有权变得更好。

我常跟孩子说，"家事"不只是你印象中的洗碗、洗衣、扫地而已，举凡家中的一切需求都叫家事。

于是慢慢地，他们除了自己负责的项目之外，对于家中突发的状况也能立即排解。好比狗狗偷尿尿了，他们马上去拿拖把；猫猫把咖啡打翻了，他们马上拿抹布；出去玩的时候，露营垫淋了雨，回家后第一件事就是把垫子拿出来擦干、晾干，然后好好卷起来收妥。无需老木下达指令，似乎已经建构起一种**"那些事不仅是大人的责任，也是我的责任"**的轮廓。

又好比两个热爱烹饪的小兄弟，最近进化到会把自己想做的菜色食材规划好，然后主动要求买菜，煮完了也懂得善后，把厨房用具清理归位。另外，喜欢画画和手作的他们，在创作完毕后也逐渐知道收拾是必要的责任，绝对不能玩完就算了。其他还有诸如洗完澡后必须把地板拖干、看到厕所里卫生纸快用完了马上补、每晚睡前帮老木倒一杯水放在案前等等，一切都在进步中。

老实说，越贤惠的包办妈妈、越完美主义的妈妈，越容易养出妈宝；因为你总是担心太多，怕孩子家事做得零零落落，看不顺眼不如不做；嫌他们没效率做太慢浪费时间；怕他们烫到、切到、伤到；怕搞这些有的没的会影响课业……在一百种担心之余，只好样样自己扛，小孩学习的机会全被剥夺了。

又如老木在下除了爱煮菜之外，其他各方面都非常不贤惠，特别是不擅整理。于是妈妈逊，孩子只好自立自强，妈妈懒，孩子只好勤劳，靠着猛灌迷汤，破除阶级迷思，愿意向孩子示弱的妈妈才能把孩子鼓励成得意小帮手。

时间、鼓励、练习，他们总是可以做得更好

即便我家两个屁孩的进步空间还很大，孩子毕竟是孩子，玩疯了还是会耍赖，有些不喜欢的项目仍会拖拖拉拉，不过只要**持续使用"有效的鼓励"法则，在获得成就感之后，我总能见证他们不间断向前的能量。**

如果你仔细想想，社会上的"妈宝"为什么让人如此嫌恶？其实原因不全在于他们行为能力不足的面向，说到妈宝自私的人格特质，往往才是令人敬而远之的主因。

所以趁着暑假、趁着孩子有大把大把的时间，让他们做做家事吧！**这些操练除了能养成责任感、提前预习未来的生存技能，还能让孩子学会如何去爱身边的人、如何体谅、感同身受。**

小孩子做家事，成果一定是不完美的。

正如那年我们初次拥有了父母的身份，这才开始学着亲喂、冲奶、换尿布，学着如何温柔地替婴孩按摩、洗澡，学着照顾半夜发高烧的小人儿，也学着教会他们喊出第一声妈妈、第一声爸爸。

从那一刻起我们的人生一边走一边懂，一边学着为人父母。

孩子也是啊！**在他们崭新的世界里，充满了各种可爱的不懂、不会与不完美，他们需要的是一点点时间上的等待，在鼓励里不断练习，在练习里不断向前，然后一天比一天好，在满满的成就感里，总能慢慢地变成一个更有温度的人。**

这样做，小孩也可以是家事达人

1 把家事当游戏引导孩子，再逐步诱导他们从被动化为主动，从主动之中又达成了熟练度。

2 举凡家中的一切需求都叫家事。家中突发的状况需要立即排解，建构起一种"那些事不仅是大人的责任，也是我的责任"的轮廓，知道每项活动结束后，收拾是必要的责任。

3 破除阶级迷思，愿意向孩子示弱的妈妈，才能把孩子鼓励成得意小帮手。

学习做家事的好处：
- 从处理各类生活问题里，孩子们可以获得很好的逻辑、推理、条理与组织力操练。
- 养成责任感、提前预习未来的生存技能，还能让孩子学会如何去爱身边的人、如何体谅、感同身受。

不算分数的学分

碰皮是我们家的第一只猫,它刚来的时候还小,当时买来的猫碗高度刚好。随着猫咪一只只来,有视觉强迫症的老木陆续又买回一模一样的碗,但是随着猫咪逐渐长大,最后变成一整排弯着腰吃饭的光景,每次看它们用餐都觉得好辛苦。

后来我们发现猫碗太低,会造成猫咪前肢关节与颈椎压力过大,吃饭时腹腔也受迫,容易有肠胃道问题。这可怎么办才好呢?这些用了不过几个月的碗,根本还像新的一样。

想一想,如果五只猫咪的碗架一起买,几千块大概又飞掉了;而且市售碗架本身已经附碗,那旧的碗闲置在那多浪费?既占空间又不环保。最重要的是在物色过程中,大部分的产品都不合意,有些设计太占空间,有些最多只能容纳四个碗(我们家有五只猫),有的太过花哨,有的设计感奇特……

于是老木跟孩子们说:"小朋友,这个问题就交给你们去伤脑筋啰!"

过几天葛格有了构思,他先测量我们家猫碗的高度之后说:"其实我们只要再找一个高度约五厘米的垫物就可以解决了,不

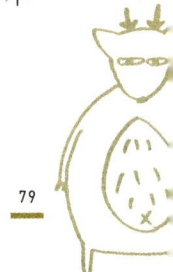

必花太多钱，也不必担心原本的碗该怎么办。就去裁些木板来搞定吧！"

根据估算，我们买了两块厚度加起来约五厘米的木板，回家后葛格想把两块板子钉在一起，又思考到美感问题，便在木板上刻出沟槽后，牢牢绕上麻绳，这样既扎实又充满了质朴的味道。

嘿嘿，结果我们家主子们吃饭皇帝大的事情，五百多块搞定！

虽然这并不是什么了不起的大工程，但珍贵之处在于解决问题的态度。别小看孩子，也不要习惯性地预设立场，**"那是大人的事"或"这不是小孩的事"的想法最容易阻碍孩子的能力**，今后就大胆地把各样生活问题丢给小朋友吧。

孩子们，除了学校课业之外，其实还有很多人生方面的学习，提供他们思考的机会；给他们机会动手做，让他们执行构想，克服困难，哪怕都是些鸡毛蒜皮的小事，只要持续操练就能累积能量。

其实不算成绩的事，往往才是人生里最关键的分数。

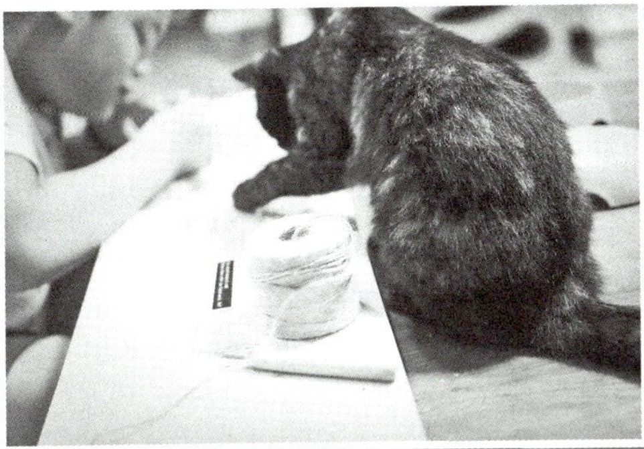
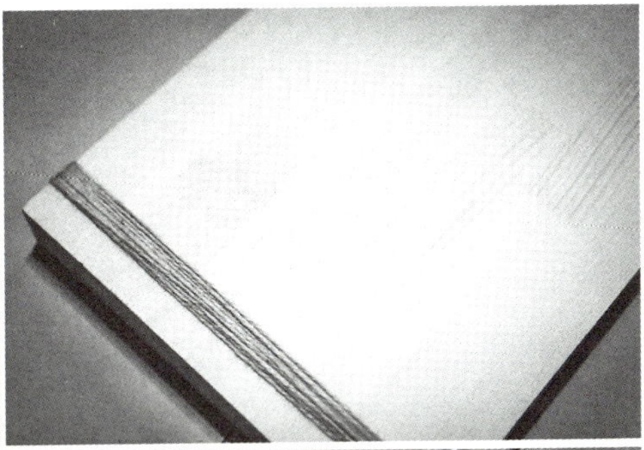
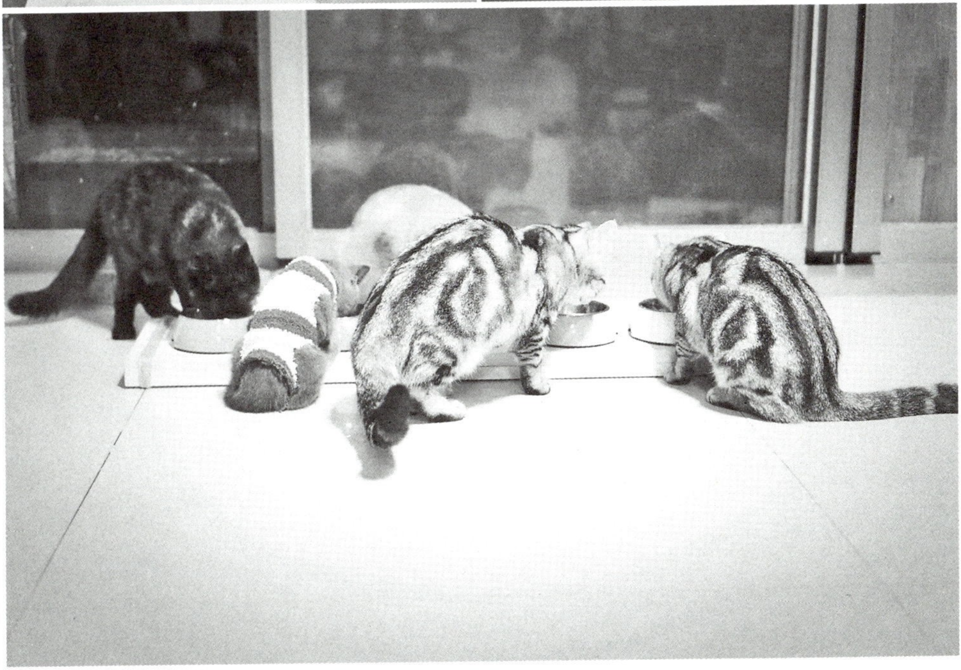

"不停老人盐，乌龟在眼前"

当许多父母抱怨"孩子不乖"以及"孩子不听话"或者是"孩子爱顶嘴又叛逆"的同时，往往绝大部分是因为父母本身缺乏与孩子沟通的能力。

大人总是习惯站在大人的高度跟矮小的孩子说话。家父，也就是迷路和爆走弟的公公就是一个非常搞笑的绝妙例子。

公公的话为什么没人听？

两个小子抢玩具的时候，公公会怒斥："你们两个！吃亏人常在！吃亏就是占便宜！抢什么抢？长大以后靠跋扈过日子吗？……"轰轰烈烈地骂完之后，两个孩子仍是有听没有到，继续抢个没完。

公公就火上加火了："这两个小孩根本没办法教！完全听不懂人话！现在动不动讲什么爱的教育，我看还是古早时代的打一顿最快！"

咦？这是为什么呢？平时我说的话，小朋友多半都能听得进去啊！为什么公公明明霸气外露，但孩子面对他的指责时，

偏偏显得无动于衷?

追溯回我自己的童年,似乎也有相同的状况——"我爸说话我放空",基于求知欲与研究精神,我开始努力拆解这个累积了三代的亲子问题。

鸡同鸭讲的无效沟通法

有一次五岁的爆走弟愣头愣脑地跑过来问我:"公公很生气地说吃沟的尝尝看(吃亏人常在),那是什么呀?还有,吃沟为什么很便宜啊?(吃亏就是占便宜)还有,公公说拔……拔什么啊?(跋扈。)"

原来如此啊!这就是亲子间的沟通大失败,长辈将他修行超越一甲子的高深道德经,完全不加以转化成儿童的语言,便以艰涩的形式传达给孩子,孩子一旦听不懂,又怎么会买单?在不买单的状况下,长辈又只好自顾自地怒火中烧,无效的亲子沟通就这么恶性循环着。

又有许多次公公看迷路学习状态不佳,便说了比一长串还要更长串的大道理:"成功没有守株待兔的,你看郭台铭、马云,都要历经多少的努力才坐上现在的位置?勤能补拙,像孙中山先生革命第十一次才成功,要用多少辛苦才能换来好人生跟好未来?你看那些出类拔萃的人哪一个不是数学好?数学不好,你以后能考什么好学校?那未来就别想飞黄腾达了,以后出社会怎办？……"

据我侧面观察，每当公公发动唐三藏的碎碎念攻势时，迷路便开始两眼翻白，接着陷入重度昏迷状态。首先，对孩子而言，提郭台铭跟马云还不如提蜘蛛人和蝙蝠侠。再者，一个八岁、十岁的孩子，对于"好人生"或"好未来"或"出类拔萃"甚至于"以后出社会"……这几个名词的体悟程度，差不多就如同你我对爱因斯坦 $E = mc^2$ 的理解度一般；谁都晓得那是相对论的公式，但鬼才晓得确切的内容？遑论与小学生谈什么伟大的前程，即便是高中生也仅能抓住人生未来的轮廓吧？

施了负面的肥料，如何灌溉出正面的人生

《圣经》里有一段很棒的话："一句话说得合宜，就如金苹果在银网子里。"

"数学不好＝未来别想飞黄腾达"这样的话绝对不是金苹果，我很清楚公公是想借此激励孩子加强数学的意愿，明明是为了孩子好，却习惯选择恐吓用词，反而容易早早就判了一个"数学不好"的孩子死刑，让他们干脆自我放逐。**家庭语言系统里最可怕的就是负面说法，观念传统的父母认为"恐吓最快"，殊不知一旦施了负面的肥料，就永远也灌溉不出正面的人生啊！**

当公公说："我花时间讲这么多，还不都是为你们好？不听

老人言，吃亏在眼前！"

这句话到了爆走弟的耳朵里成了："不停老人盐，乌龟在眼前……"

而江湖资历稍微比爆走弟多一些的迷路，这样的碎碎念又成了他最神效的催眠音波。

关于那些超龄的人生奥义，关于那些沉重无比的威胁，并无助于解决当下所发生的问题，往往只会让父母自身感到沮丧与挫折。

有些话，孩子听而不懂；有些事，孩子懂而不解，你自认苦口婆心、语重心长，到头来却统统都是对牛弹琴。在我看来，公公、迷路和爆走三个人各自用各自星球的语言，做了一次又一次的无效对话，最终无法翻译成彼此理解的语言，每每杀气腾腾地结束。

以"沟通"替代"服从"，建构有效的家庭语言系统

从事广告行销多年的经验，米米很清楚地认知唯有**"说客户的语言"，才能走入客户心里，**如此方能成功创造交易，在教导孩子上又何尝不是？

所谓好广告，字不在多，在精准且打动人心；画面不在复杂度，在吸睛与引人入胜。阅读各类媒体时，我们总能心灵澄澈，很清楚哪些表现是无效的、哪些诉求是无感的，而哪些又令人印象深刻；走进了亲子关系里，那份聪慧澄澈一样要保留，我们得尽量避免无效沟通、避免建构起负面的家庭语言系统，磨损的亲子关系很难格式化重来，一旦形成了固定模式，无法沟通的状况便将一直存在于这个家族。

每一个世代都有当下的时空背景，我们的上一代由于历经了贫穷、战乱、资源短缺与社会封闭的问题，在那样肃杀的年代里，他们将"服从"设定为亲子之间的关键字也无可厚非；但是时序来到了新生代的父母，我们走过了富裕饱满的年月，我们更注重心灵层面，在这个新知识与新概念唾手可得的世代里，我们的亲子关系也必须由"服从"进阶至"沟通"。

江湖上有句老话："没有卖不掉的商品，只有不会卖的业务"。教孩子就是一门行销学，**当我们试图对孩子贩卖我们的理念与要求时，请记得，"说客户的语言"才有机会达成交易。**

回头，是美丽的岸

三十而后觉的人生

某位母亲跟我说："我的孩子从小就很听话，从幼儿园到研究所都很好，乖乖读书乖乖考试，在班上成绩都很好。小学开始，要他上补习班就乖乖去上；要他写评量，不管给他几份，他都乖乖在时间内写完；后来初中、高中之后，我要他不要浪费时间玩乐、在学校不许被老师骂、不准打扮、不要参加社团，糟蹋读书时间……他也都乖乖听话。

"但是，不敢相信他三十岁开始突然就不听我的话了，念了那么多书，竟然给我跑去餐厅当学徒！说什么'喜欢做料理，喜欢食物……'都三年了，每天从早到晚做到死，薪水才一点点，完全伤透了我的心，白费我一路苦心栽培，亏我这二十几年，花那么多钱让他读书。米米，我要怎么劝我儿子回头是岸？他都三十三岁了，没时间了。"

我回复这位母亲："妈妈，我觉得你不但不该伤心，反而应该开心。令郎在三十岁的那一年，终于愿意真诚面对自己的内在，终于找到对于人生的渴望，也终于懂得独立思考了，即便我觉得三十岁都晚了，不过有开始总是好事。

"我不知道你所谓的回头是岸,那岸,究竟是谁的岸?

"你心里镶着钻的彼岸,是你的,不是孩子自己的,如果他不愿前往,你实在应该庆幸,那表示还有救;毕竟对一个一辈子只会乖乖听妈妈话的孩子来说,这是个灾难,因为那样的人对生活没有看法、对未来没有理想,彻底放弃人生的选择权将是一件多么可悲的事!"

走自己的路才会快乐

那位妈妈说:"你怎么这样说?我是因为爱他耶!我都是为了他好耶!"

我说:"妈妈,你如果爱着你的孩子,难道会吝啬看着他快乐吗?还是你希望他一辈子听你的话而不快乐?"

妈妈说:"他如果乖乖听我的话,好好去大公司打拼,出人头地以后自然能赚很多钱,有了钱,又怎么会不快乐?现在他只是鬼迷心窍,他还年轻不会想!每天脏脏油油地站十几个小时,哪里好?穿西装打领带在办公室里吹冷气不好吗?"

我说:"你为什么会认为孩子唯有照着妈妈安排的路走,才能出人头地呢?如果你替他规划的职涯,对他而言乏味至极,他整个人生都在事与愿违的状态里,一生也只能陷于为了服从而服从的僵局,我不相信在这样的悲情之下未来能有什么好发展?再者,你又为什么认为照着他自己钟情的目标前进就不能出人头地呢?"

妈妈说:"噢,所以你都不在意孩子的未来?你都不希望他们过得好?"

我说:"我就是因为超在意他们的未来啊、超希望他们过得好啊!如果一个成年人连人生最基本的热情、快乐和自主性都没有,这样哪有未来可言?又怎么能够好呢?"

妈妈说:"所以你的孩子念到硕士、博士之后去当学徒也没关系?"

我说:"咦?重点是我不会逼着我的孩子念硕士、博士啊!迷路和爆走很能独立思考,如果他们有心想学一技之长,如果他们对某个领域感到热情,并愿意投身从学徒做起,那他们肯定会早早展开人生计划;几年后,当别人慢吞吞念完硕士博士才正要出社会、才正开始迷惘该选择什么职业的时候,我的小孩大概早就跑得好远好远,远到你连背影都看不到了吧!"

妈妈说:"孩子还年轻不会想,随便爱怎样就怎样,行吗?你不教他,他以后老了后悔怎么办?你要负责吗?"

我说:"如果你的孩子被迫丢掉自我,一切都得听妈妈的,如此,在放弃人生所有理想的多年之后,他们难道就不后悔?

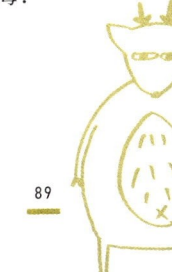

到了那一刻，你浪费掉的孩子的人生又该如何偿还？这种责任我们又负得起吗？"

其实**人生的责任都是自己的啊，走自己的路才会快乐，一步步朝着信仰前进，即便失败了，只要这辈子试过了就不遗憾；**就怕走的都是别人安排的路，即使勉为其难地看似成功，心里也只能数算着失去的梦想、岁月和消失得无影无踪的灵魂了。

功利主义横行的时代，人们把"成功"、"快乐"与"收入"画作唯一等号，当我劝着这位妈妈回头是岸的同时，也感动于她那个不听话的三十岁"孩子"，感动着他因为一个勇敢的回头，因为背对着母亲，才看见了美丽的海岸线。

厨房很热、很苦，但我似乎能听见此刻他正快乐地哼唱一首属于自己的歌呢！

放手让孩子寻找自己的彼岸吧，年代不同了，当士大夫概念走到末路来到了达人时代，明日会开的花，或许有着昨日你不曾见识过的美。

"有效的赞美",如同人生的魔法关键词

有些人认为对孩子过度赞美或鼓励,会养成一种自以为是的人格,会让孩子因为过度膨胀而无力抵抗失败或挫折的压力。

这个说法也对,也不对。与其说"过度的"赞美,不如说是"无效的"赞美,其实只要用心研究一下,"鼓励"对人类所能达成的脑内效果(包括大人),就一定能理解**"有效的赞美"绝对是有百利而无一害;方法对了,用再多,也不怕过度。**

我来举一些我实际生活中操作过的例子好了,这样大家可能会更了解何谓"有效的赞美"。

1 将企图贩售给孩子的概念,巧妙地打包在赞美之中

当我的孩子画了一张很棒的作品时——

我绝对不会只对他说:"哇!你画得真漂亮!"或是"哇!

你也太厉害了!"还是"这么小就这么会画!"然后就没了。那是彻底浪费了鼓励的机会,所谓好棒、好厉害、好强……这一类的形容词,只不过是个"钩子",至于接下来你想要钩起来的东西才是重点,所以**赞美必须具体,也必须暗藏诱导功能。**

钩子之后,字字句句都要在逻辑上精密地布局,把你企图贩售给孩子的概念,巧妙地打包在赞美之中。

于是我通常会跟孩子说:"哇!你画得真棒,你看你的构图概念多好啊,那是因为平时你肯花时间去欣赏艺术啊!"

或者是:"哇,你太厉害了,配色超美!从你的作品里,谁都可以发现你一定是个爱看画展、绘本或喜欢观察美好事物的孩子呢!"

看出来了吗?

"你肯花时间去欣赏艺术、去观察世界。"

"你爱看画展、看绘本或喜欢观察美好事物。"

这些说法是一种"被夸奖包装起来的暗示",**让孩子清楚因为有所付出才能获得当下的成果,**让孩子知道"我被夸奖的不是只有我的画,还包括了我背后的用心"。并且,一旦获得鼓励,他们日后更将积极朝着你鼓励的方向前进,会看更多的展

览,欣赏更多的绘本,也更热爱观察。

2 计划性、渐层式的赞美

如果孩子洗碗没洗干净——

不要直接纠正他:"你看看、你看看,这里还有菜渣,为什么不认真洗?眼睛是长到哪儿去了?"倘若是采用这样的语言模式,那我跟你保证,要不了几次,这孩子一辈子都不想洗碗了。

但明明他的确是洗不干净的,你却走了另一条盲目溺爱的鼓励之路,没头没脑地猛夸好棒、好棒、好棒,那肯定也不对劲,无异是扼杀了孩子的进步空间。

所以最理想的鼓励方式是有计划性、渐层式的赞美。

我们可以跟孩子说:"哇,你看你有多棒!除了这几个碗底还沾了菜渣之外,其他所有的碗筷都洗得好用心,我相信明天你一定会更厉害!"这样一来,孩子接收到的关键字是"用心",而整套概念是:**"原来我很棒,但是我下次还可以更棒,因为我知道问题在哪里,也知道下次该怎么进化,并且,我喜欢因用心而被夸奖的感觉。"**

3 建设性的夸赞

当孩子写了一篇不错的作文时——

别只顾着夸他有多好又多好,你必须细致地说出"好在哪里"。

如果只是跟孩子说:"哇!你这篇作文九十八分耶,太值得骄傲了!"

这样的夸赞必然毫无建设性,或许你可以试着对孩子说:"哇!我好喜欢你写的这篇作文,我读到了你独立思考的能力,也发现通常喜欢阅读的小孩文笔肯定会好。还有,你的文字表达能力很强,这是你独一无二的优点噢。"

"独立思考的能力"、"喜欢阅读"、"文字表达能力"和"独一无二"都是关键词,孩子能从这样的字眼里听出"日后如何才能获得更多夸赞的玄机",并朝着那个方向努力追寻。他们会比以前更喜欢思考、更热爱阅读,也会因着知道自己拥有很好的文字表达能力,而愿意更努力地进化。

4 传达形容词以外的事，诱导孩子建构起具体认知

如果孩子主动替别人擦干打翻的水——

"你真是能干！"或者是"你好乖噢！"和"你真勤快！"哔哔，这样就 NG 了。

如果你能试着告诉孩子形容词之外的事，在他们小小的心灵里会更有效地架构起具体的认知。好比说："你真是能干！事情一发生就能危机处理，而且你这么小就已经拥有解决问题的能力了，你知道吗？世界上所有厉害的大人也都拥有跟你一样的能力噢！"

在这个状况里，**"危机处理"、"解决问题"、"成为一个很厉害的大人"是关键词**，能让孩子知道正确判断事物与执行力的重要性，也将对未来的人生产生强大的自我期许。

"无效的赞美"很"残念"，明明花了时间也用了真心却得不到效果，那是因为孩子接收到一堆空虚的赞，却搞不清楚自己到底赞在哪里，日后只会对称赞产生盲目的需求。

但是"有效的赞美"就不一样了，当你的赞美里，字字句

句都埋进了启发式的魔法咒语,那么,孩子从耳里听进心里的,就不单单只是瞬间的快感;这些诱使孩子思考的"关键字",能引领他们从付出里得到掌声,效果截然不同。

鼓励的秘诀——改变妈妈的视角

每次考季一结束,就会产生许多油头角面(愁容满面)的妈妈。

有不少人问我:"你心脏为什么那么大颗?儿子数学考三十四分,还这么乐观?"

首先,米米本身就是个数理残障人士,外加迷迷糊糊、忘东忘西,而儿子(男性)的基因百分之九十以上是承自于母亲,特别是决定智能的八对DNA全都位于X染色体上,X就是老木给的,所以,我哪好意思怪迷路?而且老实说,他在数学上的表现,已经比我当年优化许多了。

在下从来不敢奢望生物学上的奇迹会发生在我家,所以如果你们家宝贝的数学也很差,拜托,先别怪他……(偷笑)

回想迷路小一、小二的时候,每一科都很糟,别说数学了,就连语文都可以不及格,阅读文字也很困难,严重的多动症造成严重的学习障碍。

可是这也没关系嘛!

我总觉得**分数代表的不是那些数字的本身，分数只是一种数据上的分析，为了让你用一种科学角度去了解"孩子究竟会了几个百分比"**。如果迷路考了三十四分，那就表示他只懂了百分之三十四，一旦知道就好办了！接下来我们需要做的，不就是多花点时间、继续把没搞懂的百分之六十六搞懂而已啰！

陪孩子快乐地寻找生命中的蝴蝶

学校的进度是学校的事，我的孩子也有自己的步伐，只要不停止，就是前进。

迷路自从小一下学期开始跳绳、拍球，后来陆续又进行了溜冰、直排轮跟滑板；加上饮食方面的筛选，仔细避开过敏原（许多食物都是造成多动症或注意力缺失的成因）；然后加强生活训练，他得学着做家事、学着照顾弟弟、学着自己动手做；最后辅以米米惊天动地的啦啦队长神力，结果我们不靠吃药，靠着陪伴与等待，迷路的能力每一天都有小跃进，每一天都有小惊喜。

记得小二的时候，他功课写得既慢又苦，曾经花上两小时才写了十四个字；日日靠着我催促再催促，之后又是漫无止境的拖延。时至今日早已不可同日而语，迷路的自主学习态度越来越好，一方面是认清了米米的原则，千军万马也无可撼动；一方面是随着年龄上的变化，他慢慢理解了"责任感"的重要性。说真的，关于责任感的建立父母也急不得，对孩子来说，这么抽象的概念本来就需要花上一点岁月去懂。

迷路就这么一路从——

抵抗→被鼓励→面对→被鼓励→获得成就感→被鼓励→达成主动学习的目标→被大大鼓励。

然后，现在我再也不需要催促功课了，每天只等着他把联络簿拿给我签字即可，能养成自动自发的生活态度足以令老木满怀感谢了。

虽然这个过程需要时间，看起来也耗时费力，但绝对比打骂、威权逼迫来得更能切入核心。妈妈如果把自己变成一只追赶孩子的老虎，被老虎追赶的孩子不会快乐，因着恐惧而向前是件好累好累的事；但**妈妈如果能牵着孩子的手，温柔地陪伴他们寻找生命中的蝴蝶，追赶蝴蝶的孩子会很快乐，他们朝着目标奔跑，不容易累，而且有笑容。**

最后想跟大家分享的是，以米米的例子而言，倘若孩子有五个科目要学习，而其中四个科目明明就表现得可圈可点，那我何以不着眼于那些很精彩的大部分，而非得僵持于少部分的不完美？是吧！

天生一百分的孩子

放学的时候 DD 在电梯里跟我说:"哈哈,米米,我今天注音只考四十五分,好烂噢!哈哈哈哈!"

看着他那么顽皮、那么天然呆又无厘头的笑脸,我说:"好棒噢,那表示你会了百分之四十五耶!也表示你还有好大的进步空间,以后的每一天你都可以享受比别人多一点点的成就感噢!"

哪知回头才发现电梯里的旁人,早已露出头上三条线的神情。

心里八成想着:"这小孩功课也太烂了,才小一就考不及格?"

看来四十五分是个会激怒大多数妈妈的数字,不过老木本来就不是个正常的老木,四十五分不但不会激怒我,反而能激发出全新的教学灵感。

分数正如一只水瓶上的刻度,是一份科学依据,好让家长清楚知道这只瓶子里还得添进多少水量,实在没必要为了这么理性的数据而失去理性。我们得先花上时间了解孩子懂了哪些、又不懂哪些，然后分析出他们懂与不懂的原因。好比有些孩子的障碍在于记忆注音字形、有些孩子的困难在于拼音或四声认知，最后，再依照他们的个性或学习习性，调配出适合体质的药方。

当然，无论是哪一帖方子，"鼓励"都是万用药引子。

针对爆走DD因为觉得注音很无趣而产生敷衍的状况（消极抵抗），老木花了一整晚构思出一套好玩的游戏，打算让DD一路玩到懂。

很感谢宇宙没有指派天生一百分的孩子给我，一定是因为他知道我向来对简单的事兴趣缺缺，困难度越高的孩子，带着他们破关之后的快乐越多；看着孩子们因为学会而快乐，那才是身为妈妈最快乐的时刻。到了那一刻，我们一共能获得二百分，其中的一百分是孩子学懂了，另外那一百分要献给大手牵小手的革命情感。

每一条半径，或长或短都能画成一个圆

暑假前，DD 学校有一场话剧表演，话剧社老师请 DD 扮演"顽皮搞怪大野狼"（老木觉得根本是真人真事搬上荧幕）。

对 DD 来说，那些台词背得有些吃力，于是他跑去跟老师说："老师老师，可是我有口吃耶！那我可不可以演一只有口吃的大野狼啊？"

老师觉得他的想法很可爱，鼓励他："我觉得你是因为太紧张了，那我们来试试看演一只不口吃的大野狼好吗？我来帮你想办法。"于是细心地替他精简了台词，陪着他练习。

DD 回家后跟我说："反正我已经会演口吃的大野狼了，所以今天起我要来练习演一只不口吃的大野狼噢！"

后来演出很顺利，DD 借由这次站上舞台，在全校师生、家长前演出的经验里，获得了勇气与自信，也终于相信自己是办得到的。

这就是适性教育，一个好老师，不会执意要求每个孩子都得在同一个标准下完美演出，他会仔细衡量每个孩子的能力半

径，无论哪条半径是长是短，只要孩子能以自己的尺度画出一个圆，或大或小都是好事，大人都要练习着欣赏阶段性的圆满。

慢慢地、慢慢地，孩子的能力半径会长大，圆，也跟着无限扩大。

重点是，**不要一开始就否定那条能力半径的长度，孩子才有可能画出一个"圆"，也才有机会把小圆满变成大圆满。**

"相信"就是一种信仰，可以扭转一个孩子的命运

有位迷粉告诉过我这样一个故事，我觉得不分享实在是太可惜了，有点长，但是很值得看一看。

爸妈生出来的瑕疵品

有个孩子，在妈妈任教的明星学校上学，但是因为他从小一开始就很皮、很恍神、成绩很差，背书背不起来、数学老是学不会，还常常忘东忘西；半学期之后他就成了老师心目中的"不良学生"，认为他既不聪明又不上进也不听话，这让同样是在校老师的妈妈感到颜面尽失。于是他的学生生涯度日如年，总是白天被老师修理完之后，回家妈妈再修理一遍、爸爸下班后又修理一遍，日日如此。

老师的否定对他来说倒是没造成多大伤害，但是母亲的否定却让他深受重伤。

妈妈总是骂他："我是一个得过师铎奖的老师，怎么那么丢脸生了这种儿子？"

还会跟他说:"我是老师,你爸爸是医生,怎么你这么差?"

每次他带着考卷回家时,妈妈甚至会说:"我怎么那么歹命生了个瑕疵品?"

或者:"我当初怎么会笨到只生你一个?搞得我未来一点希望都没有!"

他自述着:"我虽然还很小,但是已经练就打到昏眩都不掉泪的神力了。"

久而久之,他用一种更叛逆、更摆烂的方式自暴自弃着,竭尽所能地惹麻烦。渐渐地,同学们避之唯恐不及,纷纷排挤,那时的他心里想:"反正我妈妈认为我一无是处,每天用难听话羞辱我,那我就干脆烂到底让她称心好了。"

一个赞美,启动善的循环,人生从此不同

中年级之后,随着课业难度越来越高,他的成绩和操行都烂到谷底,妈妈再也忍无可忍,面对这样的难堪决定采用眼不见为净的方式,索性将他转到学区里另一所名声不怎么样的小学。

这个孩子,起初以冷酷与沉默隐藏浑身不羁的暴戾之气,充满不信任地来到一个全新的环境里;虽然只是个十岁的孩子,但是对人生却早早失望透顶。日子一天一天过去,他突然发现

新学校令他异常自在，没有人知道他过去的底细，没有人对他有偏见，在这里，他的身上没有标签，人生得以重新开始。

某一次学校开始上直笛课程，那是他人生中第一次吹奏塑胶直笛，导师却非常热烈地赞美他，直说："你真是个音感很好的孩子啊！"还说："你好有天分噢！你的姿势真棒，大家都该跟你学学。"

由于人生中罕见地获得了鼓励，感受如此令人沉醉，他当即决定把直笛带回家天天练习，毕竟被赞美的经验实在是一件值得上瘾的事啊！接下来他勤于练习，越吹越好，一下子就超过全班同学的程度，如此一来，又从老师的口中获得更大量的赞美，同学们也因为老师对他的嘉许而释放出许多崇拜。

这是他人生首度获得了"成就感"的经验值。于是，善的循环启动，奇迹，也跟着发生。

从一无是处到登上台湾音乐厅

四年级下学期，老师进一步鼓励他去参加学校的管弦乐团，还自掏腰包买了一把西洋横笛给他，虽然品质不好也不高贵，但是诚意满满。

拿到老师的礼物时他既惊喜又焦虑地说："可是我不会吹这个耶！"

老师说："别怕，你当初也不会吹直笛啊，你是这么有天分的小孩，不要担心！反正乐团老师会教你啊，你最棒了！"

带着老师的爱心横笛和满满祝福，孩子展开了全新探索，过程中，妈妈一度不满他总是必须放学后留在学校继续加强演奏横笛，另一方面更不满因此妨碍了课外补习，结果导师为了孩子出面协调，拼命说服直到妈妈愿意妥协。

小五开始，已经不是导师的老师还是时时关爱着他："你看你，才练了半年就这么棒！以后初中可以去考音乐实验班噢！"

他吓了好大一跳，原来自己感到热情的一项小小嗜好，竟可以走出比想象中更远的路呢！不过就在这个时候老师又说了："但是考音乐班需要主修和副修乐器，你必须再多学一种乐器，还有，成绩也不能太差，但是我知道那些问题对你来说都不是问题，你这么优秀！老师对你很有把握！"

就这样，他开始狂练钢琴，对于课业也主动追求，整个生命脱胎换骨，一路热血奔跑之后，在他十九岁那年登上了台湾音乐厅。

相信喝彩的力量，相信你的孩子

多年后的某一次，他问起当年的导师："老师，那一次，你真的觉得我的直笛吹得那么好吗？"

老师笑开了,他说:"老实说,你那时吹得还真没什么特殊之处!但是我仔细观察了你一阵子,发现这个对世界冷淡、对自我放弃的孩子,全身上下几乎找不到什么优点,如果一直找不到可下手鼓励之处,这个孩子的一生肯定完蛋了,再不救就不行了,所以那堂课才突发奇想。"

❋ ❋ ❋ ❋ ❋ ❋ ❋ ❋ ❋ ❋ ❋

听完这个故事我满腔热血,感谢世界上总有春风化雨的好老师,他不仅仅挽救了一个人生再无机会变好的坏孩子,还成就了一个快乐的音乐家,这再次坚定了米米的信念——一种"要当个好大人"的信念。

庸庸碌碌的世间到底存在多少天才?我不确定,但能确定的是**被肯定、受鼓励、获得成就感的孩子绝对比较容易达成使命**,一旦使命达成之后,"天才"这两个字,自然而然就是人们为他加冕的皇冠了。

比马龙效应[1]在这个真实的故事里再度获得验证,而"相

---

1 比马龙效应(Pygmalion Effect),或"期待效应",是指人(通常是指孩童或学生)在被赋予更高期望以后,他们会表现得更好的一种现象。内心常常带着负面期望的人们将会失败;而内心常常带着正面期望的人们将会成功。在社会学,这个效应经常被引用在教育或社会阶级方面。

信"这两个字就是一种信仰,要相信喝彩的力量,相信你的孩子。

还有,**鼓励,绝对是投报率最高的投资**。

为平凡的小日子添上一闪一闪的小星星

在孩子学习乌克丽丽的过程中，我一直当他们的啦啦队，常常陪着他们欣赏大师杰克·岛袋的演奏会纪录片，顺便洗脑："会乐器的男孩真是帅翻了！你们听到台下的尖叫声与掌声了吗？"

然后我们一起上网寻找乌克丽丽的文化历史，一起了解选材与制琴方式；一起讨论，也一起边玩边学，母子三人的七零八落乐团虽然弹得不怎样，但开心度破表！

让孩子迷上乐器的心法

学琴不止于乏味的机械练习，让孩子迷上乐器是一种心法——

要先爱上这种乐器，才会爱上它的声音，最后才有爱上练习的可能性；而且爸妈爱，孩子才会爱，这样的过程让他们发自内心地喜欢，也发自内心想主动练习。

不用逼，没有啰唆，晚餐后两个小家伙迫不及待跑去房间玩琴。

迷路的学校还有小提琴课程,我没强迫他练习,一样陪着他从认识小提琴的音色开始,和他一起走入古典音乐的世界;把音乐家的生平当成每晚的床边故事,同时也让他发现小提琴的世界里不但有诹访内晶子也有陈美,怎么玩都行,怎么玩都好玩,于是他更乐于享受自己一点一滴的进步。

当练琴变成玩游戏,孩子就会主动追求了,学习才艺没有利害关系,也没有对价关系;我不是要培养音乐家,纯粹只是为了让平凡的小日子里添上一闪一闪的小星星,**让小小的心灵更有层次,也懂得追求物质之外的美好。**

看不见的北极熊

有一个叫作"小牛"的孩子,是个爱画画的小男生,某天他拿了一幅画给妈妈看。

小牛说:"妈妈,你看我画的北极熊。"

妈咪说:"北极熊?好像少了什么哩……身体呢?"

小牛说:"有啊!在这里啊,北极熊是白色的,所以身体是白色的。"

孩子教会我们最重要的一件事就是"想象力"。

事后小牛的妈妈把这幅画拿给某个画室的老师评鉴,老师却说:"你应该让他来学素描,他才能画得更像、更好。"

言下之意是认为这孩子画得不够具象、不够精准,也不够完整,好在小牛妈很有智慧,有别于大多数的家长,与其画得像(像=好?),她宁可选择捍卫孩子的想象力。

平心而论,又有谁需要一只"很像"的北极熊呢?

孩子们慷慨付出的纯真是宝藏，那些画不像的，才是童年。

别试图把那些你认为少掉的线条补上，别设法要求孩子比例正确、构图完美、光影合理、笔触流畅……

往往因为你的一句话，这世界又折损了一个神来一笔，也折损了一个曾经乐于想象的孩子。

技术总是可以被取代的东西，这世上唯一无可取代的，就属于想象力与创造力了。

创作创作，要先创才能作

我坚决不让孩子做几件事，包括涂着色本与模仿类型的手工艺。

许多家长认为着色本是孩子练习画画的入门工具，其实大大不然，当孩子努力为那些生硬的框框填上色彩时，真的学习美感了吗？拿着彩色笔看似绘画行为，事实上那不但与艺术性毫无干系，反而扼杀了孩童的原创性。让小孩着色的方法，用死板匠气的卡通人物戕害了幼儿的美学观；仔细分析起来，着色本训练的根本不是美术，而是一种满足大人观点的服从性，其功能在于强迫学龄前小肌肉尚未发展完成的孩子"不得超线"，并认同不整齐是罪恶，唯有精准地画在框框内的孩子才足以获得赞赏。于是稚龄的孩子被迫放弃成长应有的阶段性，努力不超线来讨好大人。

父母也好，老师也好，似乎太害怕接受不完美了，他们忘了人类是从翻身、爬行、直立行走，然后才会跑会跳的；美术教育也是一样，大人从孩子学会拿笔开始，就尽可能要求其达成一丝不苟，却忽视了必经的阶段性。

其实欣赏孩童特有的"不完整性"是种享受，少了一只眼

睛的狗狗、涂了一半的天空或多了条腿的牛，都是可爱；与其花大把时间等待他们着完所有缺乏意义的色块，不如拿张空白纸张让他们尽兴涂鸦。即便你觉得颜色不合理、形状不正确、人不像人鬼不像鬼、哪里一大块没有画完……那些都是弥足珍贵的过程；试着爱上孩子的留白与粗犷，"不修边幅"和"不认真"这一类的责备语是不适用于儿童艺术上的，创作是种情绪、是直觉，要求严谨、服从框框，对成就艺术性而言毫无助益。

坊间许多百货公司的玩具楼层提供手作物的摊柜，好比画杯盘、捏黏土、画油画的，其实这与画着色本的精神如出一辙——"照着做就对了！"父母也欣然接受花了大把银两之后，带回家一件"完美如成人般的成品"，于是孩子们由摊柜上的老师带领着一步步照做，老师捏一个鼻子，我就跟着捏个一模一样的鼻子，老师画一笔蓝色的云，我就跟着画一模一样的云，长此以往，孩子误以为"模仿"就是美学，模仿得越像就越美丽，于是带回家一堆匠气又毫无原创性的皮卡丘、Hello Kitty 与小丸子之类号称作品的作品。这样"看似毫无不妥"的做法普遍以各种面向存在于我们的社会，我们很少提倡"原创性"，大多只推崇"整齐、规律、相像、服从"，于是台湾地区成了代工的天下无疑也是有迹可循的。

我一点都不反对孩子去百货公司玩那些画盘子、捏黏土之类的活动，不过我坚持孩子画自己想画的、捏自己发明创造的，往往柜上的人员甚感不可思议："那……万一做出来很丑不要怪我们啊！"老木也懒得向他们解释，我是带孩子来创作的，不是来训练高超的手工艺代工技巧。当然，服务人员之所以会有如此反应想必是来自于家长的压力，家长太害怕"花钱不值得"，而精准度与相似度决定了值，或不值。

创造力绝对是需要被栽培的，而且方式其实很简单，努力替孩子阻挡那些缺乏思考性的活动就对了！**操练他们想法先行，用"心"不是用"眼"，从心里出来的叫原创，用眼睛边看边做的只能叫模仿；**创作创作，要先创才能作。我相信一旦开发了大脑里的创意区块，把动脑养成习惯，未来不论在任何事情的表现上，必然都会有与众不同的展现吧。

家 书

不背成语，不讲起承转合；孩子，我要你把作文写到心里面。

亲爱的孩子们：

在引导你们写作的路上，我并不鼓励背诵成语，我知道很多人会觉得我是个奇怪的妈妈，不过这个体悟来自深切的省思。

我看过许多完美无瑕又工整的"作文范例"，小小年纪已然僵固，许多一百分的作文其实生冷且缺乏感动，除了华丽词藻的堆叠之外，丝毫看不见内在观点的表述。

不少登上刊物的少儿优良作文都有个共同点，那就是短短五六百字的内容里竟能出现三十几个成语，足足占了整篇文章的五分之一强！此外，还得加上左一句名人佳语、右一句引经据典，整篇文章读不到一丝自我意识，更读不到新意与诗意，把"作文"写成"公文"，一眼识破全是为了满足大人观点而书写的作品，少了许多真诚，多了不少匠气。

你们知道吗？**文学不是数学，它不该有公式。**

文学应该单纯地透过文字的力量，将感受与内心的想法传达给阅读者，所以我真心希望你们能用自己的方式，表达属于你们独一无二的喜怒哀乐。这个年纪的孩子最重要的任务，就是操练独立思考的能力，如果强记了过多的成语，那只会造成思考上的怠惰，一旦依赖上成语的使用，那些四个字、四个字的咒语就如同文学界的微波调理包，会迫使你轻易放弃想象力与表达能力，也使你不愿仔细烹调一字一句，最后只会把原本纯真的意境变成套用公式的骈体文。

你当然可以将成语当成一则则历史故事，然后细细地、慢慢地咀嚼出个中含意，未来，在待人处事上绝对是有所助益的；但千万无须背诵，更无须强记，那些典源，当作故事来聆听就好，过于习惯性地将成语或典故浮滥地使用在作文或日记上，不见得是好事。我们都知道文学是创作，既然是创作，就尽量避免拾古人之牙慧，老是沿用别人的创作是一种偷懒也是一种抄袭，虽然这样的抄袭是合乎理法的。

一定有人会质疑："明明四个字就能简单地说明一切，又何须写个落落长的二三行来讲清楚？"

这个问题太棒了！这样的质疑也点到了核心价值，米米就是要你们操练五感表达，操练出文字风格和思考力，我就是不要你们追求快餐套入公式。

透过自我感受与文字磨合之后所产出的意境才能打动人心；

虽然累了点，搞不好还必须绞尽脑汁去达成，但是经年累月的磨炼之后，或许你们也能创造出属于自己的名言佳句。

一想到你之前写的小诗《不完美》以及 DD 写的《你眼睛里的我》，字里行间充满画面与情绪的张力，却未使用半句成语，完全靠着你们小小的脑袋开出一朵朵小小的花，短短几行，全是喷发的想象力，这不就是可圈可点的原创性吗？

为什么大人们包括米米，没人能写出如此动人的诗？

为什么人们不用成语便无法精确描述出内心感受？

唉，那正是因为我们过去受了太多框限而失去本能了啊！

你跟米米说你喜欢村上春树的书，那米米提供一个有趣的想法你不妨听听吧：倘若村上的书里充满了只有日本人才懂的典故，那身为外国读者如我们，又如何能消化吸收，进而感受其中的美好？又如果阅读一本书的过程中，我们不断被不理解的文化背景打断，必须中断阅读，翻看注解，理解了含义，才能再勉为其难地继续前进，那情绪是否也大大打了折扣？

我相信真正深入人心的文字是具备跨越文化的精神意涵的，好比你们最爱的法国文学《小王子》被译成二百五十多种语言，全世界迄今售出两亿多册，年销售一百多万册，跨族群、跨人种，感动全球一世纪。

说到这里，当然，米米绝对不会硬性阻止你使用成语，但那必须是必要的，必须是一种不着痕迹的画龙点睛，而不只是为了使自己"看起来好像很有学问"而滥用：**当你以自己的方式精准诠释出心中的味道、颜色、声音与触感，当你用自己的原创性写下独到的观点，这种种透过思考所呈现出来的细致才有温度，才叫深度。**

今后就**把"作文"看成"文学"**吧，这两者之间的差异很大，作文是写给学校老师看的文章，但**文学不一样，那是一个提供你表达看法与情绪的心灵出口，直观地写出你的想望，无论看来高深与否，都是你动脑思索之后的作品。**如此，你绝对能获得更多的成就感哦！

过去你向来搞不清楚"修辞法"里的设问、叠叙、排比、借代……背了半天也背不起来，其实这样好极了！我一点都不打算把你教会；几年下来，你也一直弄不懂"起承转合"到底是什么意思？老实说这样太棒了！

千万别把这些舍本逐末的框框套成心里的枷锁，那些教条只不过是倒因为果的归纳法罢了，过于草率，也扎扎实实阻碍了真正的逻辑性。当你具备了阅读的习惯，养成了文字上的表达能力，并且愿意把自己变成一个乐于说故事的人，那你自然而然就有办法将一切始末交代清楚，无论是快乐或忧伤、是平淡或紧张，所有的文字表情也都会自在地流转于笔下。

许多代代都在做的事，不见得尽是该被信奉不疑的圭臬，长久的制约之下，身为大人的我们，多半擅长服从而拙于思考事情的本质。

亲爱的孩子们，我希望你们乐于写作，那无关考试也无关分数。我只是单纯地知道文字充满着力量，那力量不但能改变他人，最重要的也能改变你们本身看待世界的高度。

未来的日子里，如果能带上一支会说故事的笔，那你们的人生肯定是要精彩绝伦的啊！

亲爱的孩子们，请记得米米说的，文字别走脑袋，要走心。

迷路新诗创作——《不完美》

孩子是世上最美的诗人与哲人。（迷路的新诗创作＋钢笔练习）

不完美

大海觉得风是捣蛋鬼，但大海不知道风可以带着种子和候鸟旅行。

风觉得白雪没有人情味，

但风不知道白雪用最漂亮的模样封存了地球上的水分，还有古老的历史。

白雪觉得太阳很霸道，但白雪不知道少了温暖，世界就只有黑暗。

太阳觉得月亮很害羞，但太阳不知道月亮替大海做了一件又一件美丽的衣服，

上面有不同的褶皱和蕾丝花边，那些衣服的名字叫潮汐。

所以你看到不完美的，一转身，另一面叫完美。

題目：不完美

大海覺得風是搗蛋鬼，
但大海不知道風可以帶著
種子和候鳥旅行。
風覺得白雲沒有人情味，
但風不知道白雲用最漂亮
的模樣對存了養地球上的
水份，還有古的歷史。
白雪覺得太陽很霸道，
但白雪不知道少了溫暖，

麼世界就只有黑暗。
太陽覺得月亮很害羞，
但太陽不知道是月亮替
大海做了一件又一件
美麗的衣服，上面有不同
的縐摺和蕾絲拖邊，那些
衣服的名字叫潮汐。
所以你看到不完美的，
一轉身，另一面叫完美。

没有用的书

我跟两个小孩说,以前米米的初中时代,学校经常会搜查书包,意思就是把学生书包里的东西倒得满桌满地,然后搜出"违禁品",项目包括发胶、镜子、梳子、情书等等,以及课外读物。

迷路很迷惑:"啊?连课外读物都算违禁品啊?"

我说:"对啊,因为老师说课外读物是'没有用的书'啊!米米当初因为太爱看课外读物,还写过好几次悔过书,差点被记过哩。"

迷路说:"这么严重哦?那老师觉得什么才叫'有用'的书呢?"

我说:"课本啊!"

迷路说:"……好吧,那我现在要去看没有用的书了,没有用的书比有用的书好看多了。"

我们的想法常常是一连串未经思考后的谬论

眼见许多似是而非的仪式如洪流般无可抵挡。举个例子，数年前开始，台湾地区教育部门为了弘扬孝道，大力推广《弟子规》，于是幼儿园与小学生开始疯狂地被迫在毫不理解与毫无意识的状态下，如同被催眠般地背诵着《弟子规》。

看着那些四五岁的幼儿园儿童或七八岁的小学生，一脸苍茫地背经，一心荒凉地背经，灵魂出窍般地背经……那些艰涩的文言文之于孩子，基本上与乱码无异。再者，我很肯定关于"孝道的推广"真不该是这么回事。

背诵《弟子规》，作文就会变好？

好奇心驱使之下，我询问许多爸妈为什么认同让孩子做这样无聊的训练？为什么没有人质疑其空洞性？（难道我是这个岛上唯一觉得奇怪的怪咖妈妈？）

结果，他们除了愿意相信"孩子背了《弟子规》之后会变孝顺"之外，还发表了其他论述。

好比说："背背《弟子规》很好啊，增进国学能力与写作能力。"

哦买尬，这太不科学！根本是代代相传的盲从！基本上《弟子规》是一部文学性不强的著作，与数来宝的差别不大，不就是花了点时间押韵？大家有思考过吗，此时此刻正在 FB 上的你我，哪个人小时候没背过《三字经》？有谁的国学能力因此变好？或者因此成为写作能人？

国学能力好的另一群人，真的与《三字经》有关吗？你不如说他们小时候看的《山海经》、《聊斋志异》、《三国》与《西游记》才是为古典文学打底的养分；或者 C.S. 刘易斯的《狮子、女巫、魔衣橱》、罗尔德·达尔的《查理与巧克力工厂》与向达伦的《怪奇马戏团》才是开启他们创作力与故事力的关键。

别闹了，孝顺不是背出来的

如果非背不可，我宁可要求孩子读读唐诗、宋词，那才是意境与文学性兼备的选择，再者，也可将那些浪费灵魂的时间拿来让孩子看些有趣的故事书，共同讨论内容也是极好的事啊。

想想我们的孩子从幼儿园到小学，究竟花了多少年的时间，反复碎念着他们自己都不知道到底在碎念些什么的八股经？

大人们，我们为什么这么盲从？

说穿了，这就是台北人根深蒂固的"宁可信其有，不可信其无"的理论，背一背啊，有病治病，无病养生，或者干脆就是有背有保佑。一来，背诵训练是台湾地区教育的最高指导原则；二来，幻想着万一孩子真不小心弄懂了《弟子规》，靠着那"无条件服从"的文本精神，搞不好就可以成功培育出一个"无条件服从"的梦幻好孩子。相信我，你家小孩绝对不会因为背了清朝人用古文写的"好孩子教学手册"而变得百依百顺。

别闹了，孝顺不是背出来的。

关于孩子生活常规的训练，父母为什么非得拿着操作手册才能进行教导？未免也太没天分，那德国人怎么办？北欧人怎么教？**教孩子本来就是一件很细节的事**，丢本经书让孩子念念顺口溜，他们长大就能成圣贤？天下岂有如此方便的路！《弟子规》、《三字经》、《孝经》……这一类的事，让孩子当成故事看看就好，千万别把"会背"当成"会做"，那是两回事。

一边流泪一边前进 vs. 一边微笑一边前进

我们家孩子一开始字也写得歪七扭八,但是我从来没擦过他们的作业本,因为擦掉重写,也许是一种促使孩子进步的方式,却不是唯一的方式,只因大部分成年人在过往的童年里曾经历过这样的对待方式,于是误以为沿袭老经验即是正道,放弃了独立思考,没想过尝试别的路径。

让孩子进步的方式很多,摧毁与破坏是一种,一般称之为"严教",但是严教的背后,或许追求速度、省时省力,一股脑儿地想立竿见影才是你真实的潜意识。

"我希望孩子立即好,我希望孩子马上棒,我要我的孩子比别人的孩子都好,"这无可厚非是众父母的心愿,却忽略了人类成长阶段里必经的过程。

不够好、不够精确、不够无瑕,这些都是童年必经的过程。

转换态度,得到意想不到的教育成果

我从不擦掉孩子写得难看的字,这不代表放纵,我只是选择了另一条路。

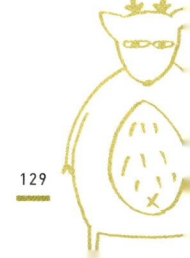

对于初学汉字的爆走DD，即使因为贪玩，写了鬼画符般的字，我仍赞美着："哇！你看你多有写字天分，米米都知道你其实一点也不认真，但竟然还写出这样好看的字，真不敢想象如果你好好写、认真写，字能有多漂亮啊？啧啧——"

DD吃惊地看着我："真的吗？米米你觉得我写字很好看噢？"

我说："当然啊！要是我像你刚刚一样不认真，那写出来的字大概连鬼也不认得了，可是你看你资质多好啊！真让人惊讶，多希望明天你能好好写，让米米看看你到底能写得多漂亮，好吗？"

DD腼腆地笑了笑，然后说："好啦，我明天试试，因为其实我也不知道什么样的字叫作好看，什么样的字叫作不好看，我根本不会分！"

小一的孩子说到重点了，其实当孩子没有大到一定的程度，对"好看的字"与"难看的字"是没有认知感的。

"我跟你说噢，明天你好好写一次，然后我们拿你不好好写的来比一比，你就知道什么叫好看，什么叫没那么好看了，好吗？"我说。

DD笑嘻嘻地说："好啊，那我们明天来做实验！"

隔天，DD拿出作业时，我提醒了他昨日的约定："你今天要试试认真写字是什么样子噢，米米好期待噢！"

DD开始专注地写下每一个字，一笔一画，清楚又用心，写完之后，我把昨天的作业拿出来两相对照，然后请DD把两次的横、竖、撇、捺、点，一一做比较，并请他告诉我这两篇的字体分别有哪些不同之处？

DD说："嗯，昨天的这个横很歪，今天的比较直；还有昨天写的字超出格子了，所以不整齐；还有那个字没擦干净，留下两层痕迹；还有那一撇没连到就飞走了；还有这个左边跟右边分太开，一个字变成两个字，还有还有还有……"

我们花了很多时间讨论，没有严肃的气氛，没有否定的语言，只是陪着孩子研究要如何才能把字写得更好看；老木用五倍夸张的鼓励和赞美，将责备转换成一种科学探索，不责骂，而是让他们透过了解自己的字体，以及认知到因写功课时不同的态度，所产生的不同结果，进而找到较为正确的方向。

"好，你现在写一个超不认真的字给我瞧瞧！"我说。

然后DD犹豫了一下，下不了笔，这可真是好玩，越是要他不认真，他还真是无法"不认真"，毕竟刚刚已经体验过认真所带来的美好成就感了。

DD 说:"吼唷!你这个妈妈很奇怪耶,我明明可以写得很漂亮,干吗要我写不漂亮的啊?"

我说:"咦?刚刚只是做个实验而已啊,你实验做完,当然就可以不认真了啊!虽然你好好写字的时候,写得跟大人一样好看,但是我又没叫你天天当个那么厉害的大人,那多难啊!"

DD 说:"才不要!我天天都要当厉害的大人!一点都不难,简单!"

我说:"不要啦,这样你的九九(舅舅)会伤心耶,你才小一,字就比他好看,那可怎么办?"

"哈哈哈哈哈哈哈,我一定要!我一定要让九九伤心!"DD 笑得灿烂。

发现孩子长处,打造专属的一片天

重复擦掉、再写、擦掉、再写,是以一种打击自尊的方式磨炼技法,那迫使孩子一边掉泪一边前进;而**诱导、鼓励、激将法、游戏法**,这些都是心法,**让孩子打从心底相信自己很擅长某件事,并且因为擅长,才想要追求更好的境界**,这种心法,让孩子一边微笑一边前进。

最后想说的是,每个人各有不同长短,有些孩子字写得很漂亮，但数学很差；有些孩子数学很好，但是作文很糟；有些孩子很会背诵，却不会应用与变化题。不都说了，人人头上一片天吗？

字体的美丑，除了练习多寡与认真程度之外，还涉及因人而异的骨骼肌肉发展，甚至是脑内区块不同的能力面向。我曾看过一个九十岁的老太太，一生只读了三年的小学，却写了一手究极好字；也见过许多叱咤商场的大企业家，写出如小学生程度般歪歪倒倒的可爱字，但这又如何呢？

我们不能要求孩子样样好，就算是老师或父母本身，不也达不到样样好的地步？

倘若你的学生或你的孩子态度并不差，也已经很尽力了，那就饶了他们吧，求好心切固然值得尊敬，但是因材施教才更值得推崇，看看这孩子别的长处吧，别耽溺在没有太大意义的执着里。

在这个越来越数位化的时代，没人说字好不好看不重要，并且那也已经不是绝对的必要了。

越难的事越好玩

当孩子说:"米米,这题好难噢,我不喜欢,不想写……"

我通常会很亢奋地跟小朋友说:"难才好玩啊!来吧,我们一起破关吧!"

别再进行无感的亲子对话

如果孩子觉得难,已经处于意兴阑珊的心理状态,此时又听见爸妈端出一大盘让人食难下咽的大批判——

"你就是练习不够,所以才觉得难!"

"你就是上课不肯专心,没搞懂才觉得难!"

"你才小学就觉得难了,那初中怎么办?高中怎么办?"

"吃得苦中苦,方为人上人!连这个道理都不懂吗?"

"人生不能逃避!逃避也没用!别人会,你怎么可以不会?"

"你以为人生简单吗?哪一件事不难?专挑简单的,你长大只会一事无成！"

易地而处，如果是你听到这么负面的批评，此刻的心情也只能雪上加霜了，喜欢上这件事的概率当场从仅有百分之十的可能性掉到零，谁希望在求助的时候被批判？这样以后又怎么敢开口向父母求助？

没错，当孩子抛出"很难"的议题时，无疑便是在求助了，这个时候，父母满口的道德经或对于人生大未来的论断（恐吓），实在无助于协助当下的问题。当你想借由你历经三十年至五十年所阅历的人生法则，来训斥孩子成为一个不畏艰难的人的同时，多半反而会成为全然无感的亲子对话，小朋友瞬间打开荧幕保护程式（两眼放空，有听没有到）。

事情演变到最后，你只好既气愤又沮丧地抱怨着："这孩子好难教！我讲了半天他根本听不进去！"

用儿童的语言，一起找到解决问题的方法

通常这个时候，我们反而应该拼命地建立起孩子的信心，就事论事，把当下的问题处理好，而不着眼于苍茫缥缈的人间大道理。

鼓励他："你只是还没找到迷宫的出口，其实你很棒的，只需要多花一点时间摸索！记得上次你说×××很难，结果后来

不是也漂亮地完成了？"

然后陪伴着孩子，找出他们问题的症结，**发现他们不会或不喜欢的原因在哪儿**，想方设法地用好玩的说法、举有趣的例子让孩子懂，蹲下来说儿童的语言才是解决问题的方法，一旦建立起全新的思考模式，孩子就会依照那样的逻辑面对下一个难题。

搬出一堆成年人的"惊世醒语"，不但消磨了亲子关系，也容易打坏学习的胃口。并且，切记**在孩子达成任务后更要加倍夸赞**，如此一来一往，他们不仅能在完成事情的本身上获得成就感，也因着父母的夸奖而找到更好的自我定位。

在父母的陪伴之下，孩子走在学习的路上便不会寂寞，甚至最后他们还发现："原来这没有想象中的难嘛！下次再遇到类似的问题我就知道该怎么做了！"接着，慢慢地，他们便爱上了解决问题所带来的成就感。

曾经在学习上遇到满满困难的迷路先生，正因着越来越有自信而越来越主动。记得他在小学一年级的时候，三催四请也不愿写功课，最后花了两个小时竟才写了十四个字；几年后的现在，他不但不用人催，一回家就自发性地完成作业，完成之后还会主动拿出来跟我讨论，眼神里充满信心之外，也因为学习状态越好，面对考试就越得心应手；曾经是满江红，现在只剩一科红了（数学），而且相信不久后的将来，连数学也不会太差的。

打怪破关，收集人生的武器

成就感如同吗啡，"追求完成艰难的事物"绝对是一种"习惯"，得靠鼓励来养成。

不论孩子是因为缺乏耐性、自信不足、没有天分或认真程度不够而对特定事物产生"抗拒"，这些都是再自然不过的事了。我们不能一味要求小动物般的童年岁月便具备了成年人的定性，也不能将成年人的标准打成一副沉重的锁链捆绑在孩子的心灵上。我们往往忘了自己曾经也是孩子，也曾在写功课的时候一心只想冲出大门玩耍呀！

"越难的事越好玩！"

"越简单的事越没成就感！"

这是我经常挂在嘴边的两句话，我在上班出门前常跟孩子说："米米要出门打怪了，今天又有新的大魔王要战斗，但是我喜欢破关！"

几年下来，孩子在面对困难时也累积了相同的看法。有次爆走DD学校出了又多又难的二进制珠算作业。

"幼儿园大班的功课怎么这么难?"我说。

DD说:"就是难才好玩啊!如果我破关了,我就获得新的武器了!"

是啊!我的宝贝,人生啊,跟线上游戏差不多,每多学会一件事,就又多了一样武器傍身啊!

不要十年后的感激，只要这一刻的感动

迷路一度怕死了英文，一提到英文就泪眼汪汪，因为多动症的缘故，他曾在学习的过程里不断被骂笨、罚站，折损了大量的自我评价。

为了修复他的自信心，我让他停下两年彻底休息，那段时间里只字不提英文这件事。直到小学二年级，迷路再度遇到一个英文老师，这一次的老师完全不同了，她比妈妈更温柔，孩子的人生这才又开启了一扇窗。

面对这个注意力缺失症候群加学习障碍的孩子，这位老师总是找得出鼓励的法子，如果课堂上测验了二十题，迷路却只写对了二题，老师就鼓励对的那两题，于是孩子在学习的路上逐渐从落泪变成微笑，从对了两题、到三题、到四题、到五题……信心指数一路上扬。

在教育之前，先理解孩子的特质与差异

人人都说"严师出高徒"，却忘了很多孩子正因过度严苛，或忽视心智年龄的对待方式，而倒尽了学习胃口，有没有人质疑过严师之所以能出高徒，或许是因为这个徒儿本身就具备了

高徒的资质呢?

谁也不能否认人各有长短,各有不同规格、特质与开窍时间的早晚,在观念上绝对不能这么轻易地就被一句古早话给绑架了,把一百零一套教育标准,全盘套用在所有的孩子身上,其实是很危险的。况且"严格"的定义也不该等同于冷漠、高压、斥责、唱衰与否定。不过反过来说,许多"严师"都是被家长一而再、再而三要挟出来的产物,毕竟有太多太多的家长在分数上永难满足。

不少人爱拿《进击的鼓手》来列举严师出高徒的典范,虽然那的确是部激励人心的好电影,不过当你眼里只见严师能造就出"一个"进击的鼓手,却忘了统计被他击垮的鼓手人数肯定更多,而那些被击垮的就一定差劲了吗?未必,只不过是特质不同,相应方式不同。换一个春风化雨的老师,能使学生脱胎换骨、立志向上的电影其实也不少。

我倒觉得温柔的老师道行更高,他们看待教学的标准其实比擅长怒吼或责骂的老师更严谨,他们选择**以理解孩子的方式启发孩子**,那付出的不管是耐性成本也好、教学构思上的成本也好,都远比冷峻又爱否定学生的老师更具难度,你也可以说,这样的老师对自己的要求比对孩子更为严苛。

在相信自己之后，发现更多学习的可能性

反正，迷路就这么一路被鼓励着，被老师鼓励、被老木鼓励、被公公婆婆鼓励，一群施展浑身解数的啦啦队，让他渐渐忘了稚龄时七早八早就跌入人生谷底的挫败往事，他开始相信自己很棒，并且愿意越来越棒。另一方面，由于老木深信"英文是拿来用的，不是拿来考的"，所以我和老师共同的默契就是不逼迫、不施压、不关注分数，想方设法只为了**让孩子先爱上英文再说**。

接下来的四年里，迷路因为有了自信而越来越喜欢英文。他曾经在否定里上演大逃亡的戏码，后来又在肯定里投桃报李、加倍奉还！那个曾经被嫌弃得一无是处的孩子，假以时日之后，在许多不同场合里纷纷被夸赞是个"有语言天分"的孩子。因着这份肯定，进而还产生买一送一的大惊喜，迷路这下子可不只是爱上了英文，他虽然处于一个缺乏闽南语环境的家庭中，却非常主动学习，喜欢听闽南语、学闽南语、练习讲闽南语，**他兴高采烈地挑战人生各种可能性。**当然，这一切都发生在相信自己之后。

总之，在完全没有压力的状况下，迷路的听说能力不断进步，小四开始，他愿意打开英文耳，试着听电影、听卡通、听歌词，外出旅行或接触外籍人士时也敢于活用，唯一落后的部分是在于背诵能力，他的背书功力向来很差（遗传到米米），但

我和老师都不急，从不强硬要求，只是继续小心翼翼地呵护着好不容易才萌出小芽的学习胃口。

上了五年级以后，迷路开始喜欢询问米米各种生字、难字与陌生片语上的意义，特别是看电影的时候，好比什么是 Guilty As Charged（罪名成立）？什么是 Lose One's Head（惊慌失措）？什么是 Cross My Fingers（祝我好运）？

迷路虽然不至于勤劳到动手翻查字典，不过总是乐于探索原本不知道的新鲜事，对语文的热情一天比一天显著，直到前一阵子，他竟开始主动背单字了！

我好诧异："你……还好吧？有没有发烧啊？我……没看错吧？你……是在背单字吗？"

"吼！米米你很坏耶！我只是觉得背好了很有成就感，而且很好玩耶！"迷路说。

虽然他拼错的概率还是很高，文法上也不够精确，不过却已经是笑眯眯地走在主动学习的路上了。

如果你问我，既然不在意考试，又为什么要让孩子保持英文上的学习呢？

那是因为**多会一种语言就能拥有多一种观看世界的角度。**

未来，孩子可以收看国际新闻，而不被单一视角的本土新闻局限了眼界；在网路的世界里也如同获得了一扇自由穿梭的任意门，能够收集到除了华语之外的资讯；并且在观赏电影时，还能体会原汁原味的剧情而不流失神髓；最重要的是，**学习语言能使孩子具备放胆壮游的能力。**

说来说去**英文本来就不是拿来考的，而是拿来用的！**

我曾见过不少父母大眼瞪着孩子的泪眼说："我现在这样逼你学、骂你差、强迫你背，保证十年后你一定会感激我！"

可是说真的，我们一点都不需要孩子十年后的感激啊，我们只要此刻孩子从学习里获得成就感与快乐的感动啊！

当个爱的资优生

这次段考我的数学又不及格了,

可是米米没有骂我,

还说我很棒,其他四科都考得很好。

而且米米说:"你上次数学考四十三分,这次考五十八分,进步十五分了耶!多棒啊!"

我觉得好难过,

因为米米对我这么好,我还是没及格,

她花了很多时间陪我。——迷路

✯✯✯✯✯✯✯✯✯✯✯

傻孩子啊,当我看你拿回来的考卷里,除了数学之外其他都很棒,甚至还有九十八分这么漂亮的数字时,内心百感交集,很难想象曾有老师认为你脑袋有问题,也有医生认为你不吃药就没有明天。

一同经历了那些岁月之后,我们都在彼此的信任里遇见更好的自己,你成为更棒的小孩,我成为更棒的妈妈。

分数的意义其实不大,在我眼里那只是一份成长纪录,记录着你的每个今天又比昨天多会了一些;分数只是一种数据,见证了你愿意学会责任感,也愿意练习"相信自己"。

最重要的,你是个有能力感受爱的小孩。

我愿意懂你,你也那么珍惜我的那份懂。

这样的小孩,一百分了,在爱的境界里,你就是一个出类拔萃的资优生。

让这个星球更美好的天使

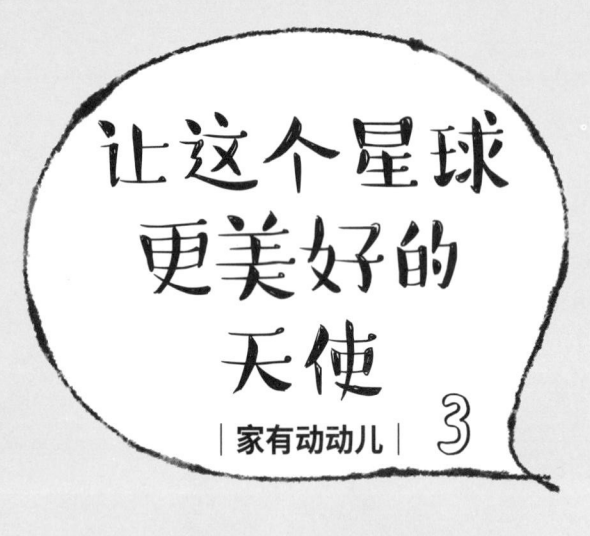

|家有动动儿| 3

小屁孩吵架中……

10 分钟后……

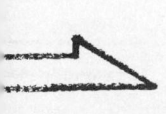

这样的正常很异常

今天有人问我:"你有没有想过,接下来要怎么让两个不正常的孩子回归正常?有没有计划?"

我吓了一大跳,很难想象他心中所谓"正常"与"不正常"的定义为何。

我问:"请问您所谓的'不正常'是指……?"

他说:"ADHD 就是不正常啊!"

我又问:"这……不正常在哪儿啊?您真的对 ADHD 有研究吗?"

他说:"上课不认真、不喜欢写功课、背书背不好、讨厌考试、不听话、没大没小、顽皮好动、爱顶嘴、爱玩、爱跟同学讲话、爱看卡通、被动、太有主见、爱跑来跑去打来打去、坐不住扭来扭去……只要是有其中几项行为的小孩就是 ADHD 啊!"

"所以……您小时候喜欢上课、喜欢写功课、喜欢背书、热爱考试；大人说什么你鼻子一摸就乖乖做什么，全无主见也从不抵抗；既不爱玩游戏、玩玩具，不爱卡通也不跟同学讲话；童年里从不跑来跑去、打来打去，一动也不动，并且衣食住行凡事主动？"我问。

他说："没错啊，正常人本来都是这样长大的啊，这天经地义吧！"

我说："这……正常在哪儿啊？您真的对正常人有研究吗？"

你是有病啊？！

同事问："多动症是不是罕见疾病啊？你家小孩真让你辛苦！"

听到这儿我差点没晕倒："我的妈啊！那一点都不罕见啊，而且根本也不是病耶！"

同事说："可是大家都说那是病啊！"

我说："我可以证明过动症一点都不罕见，因为其实你也是耶。"

同事说："我哪是啊！！我才没病勒！！！"

我说："你上星期开会的时候打瞌睡噢，而且我知道你根本没在听客户讲话，还一直偷看脸书。别忘了，你前天把伞忘在星巴克，傍晚回家时没伞还得跟我借，哈哈。"

同事说："我这也算病啊！"

我说："看吧，我就说多动症不是病，它只是一种人格特质，一种不甘无趣的人格特质啰。"

另外一个同事也插话了："谁开会都会恍神吧？上班也是啊！一天坐九个小时，屁股酸死了，老家伙们好像有讲不完的无聊大道理，工作又乏味，打报表讨厌死了，写那些讨好客户的没水平文案更是无聊透顶，写完我自己都快吐了，那些广告根本是骗人骗鬼骗自己！而且整天赶赶赶赶，总有一辈子赶也赶不完的事情，遇到这种状况，是人都会想偷滑手机、都会想起来走走，或是去诚品逛逛喝杯咖啡，才能保持脑袋清醒啊。"

我说："所以大人开会的时候很无聊，大人上班的时候很无聊，老板客户给了你们无聊的工作，无奈大人的种种抱怨都是可以被理解的；但是小朋友上课的时候很无聊、整天被关在教室里一动也不许动很无聊、死背课本的时候很无聊、考试的时候很无聊、每天回家都有赶赶赶，赶不完的作业还是很无聊，这样的症状到底跟你们有什么不一样呢？"

唯一不同的地方在于小朋友连抱怨的资格都没有，他们一抱怨就被嫌不乖了。

为什么大人这样没病，孩子这样就有病呢？

法国几乎没有多动症？

其实人类就是动物，动物就应该在大草原上奔跑，尤其是幼龄的动物，他们特别好动，无法对冗长、乏味的事物专注过久，也特别容易受新鲜的事物所吸引；但是现今的社会只给了孩子水泥丛林的环境，未曾提供任何允许他们奔跑跳跃的场所，当孩子到了学校以后，每堂课之间只有十分钟的下课时间，说到这十分钟，光是从教室跑到操场，来回就要扣掉两分钟了，更别说还要尿尿喝水。

童年最需要的跑跑跳跳是被我们大人剥夺的，于是越不动，越不能专心；越限制，越想挣脱限制；越多规范，就越多过动症。

曾经在"多动症在不在？"的讲座里，听到李佳燕医师提出一项非常有趣的数据，法国的孩子是没有多动症的，比例低到近乎于零，这是为什么呢？

这是因为每个社会看待孩子的标准不同，有的国家允许孩子当孩子，于是他们愿意理解童年里的各种行为；而在某些文化里，则很希望孩子一出生就是个知书达礼的大人，跳过婴儿、幼儿、儿童与青少年的阶段，直接来到大人的世界，他们被要求不吵、不闹、不乱动、不调皮、不奔跑，乖乖坐好、乖乖听话、乖乖读书、乖乖写功课、乖乖专注、乖乖服从大人的每一句话，不愿提供学习社会化时该有的时间历程。

这样的社会虽然生下了孩子，却完全不希望孩子造成大人

的任何负担，若能生出一个机器人，更是再完美不过，有趣的是，越是规范重重控制多多的国家，儿童多动症的比例往往越是高得惊人。

大人们一起来玩"儿童注意力量表"!
- 只要把表内的"学校"换成"办公室",把"作业"换成"会议纪录"或"报表",再回想自己有没有粗心过。
- 把"玩弄手脚"变成"玩弄手机"(孩子们不能玩手机当然只能玩手脚啊!)把容易弄丢的东西从"文具"或"玩具"改成地铁卡、识别证、眼镜、车钥匙、雨伞等。
- 把"打断或干扰别人"的场所替换成会议室里的状况;把"与大人争辩"替换成"与老板和顾客争辩";把"反抗或拒绝大人的要求"改成"反抗或拒绝老板或客户的要求"。
- 然后摸摸鼻子告诉我,你还好吗?

如果这二十六项完全没出现,我敢打赌你根本是外星人伪装的!

		完全没有	有一点点	还算不少	非常得多
1	无法专注于细节的部分,在做学校作业或其他活动时,出现粗心的错误。	1	2	3	4
2	很难持续专注于工作或游戏活动。	1	2	3	4
3	看起来好像没有在听人家对他(她)说话的内容。	1	2	3	4
4	没有办法遵循指示,也无法完成学校作业或家事。(并不是由于对立性行为或无法了解指示的内容。)	1	2	3	4
5	组织规划工作或活动有困难。	1	2	3	4
6	逃避,或表达不满意,或有困难于需要持续性动脑的工作。(例如学校作业或家庭作业。)	1	2	3	4

(续表)

		完全没有	有一点点	还算不少	非常得多
7	易弄丢工作上或活动所必需的东西。（例如学校作业，铅笔、书、工具，或玩具。）	1	2	3	4
8	很容易受外在刺激影响而分心。	1	2	3	4
9	在日常生活中忘东忘西的。	1	2	3	4
10	在座位上玩弄手脚或不好好坐着。	1	2	3	4
11	在教室或是其他必须持续坐着的场合，会任意离开座位。	1	2	3	4
12	在不适当的场合乱跑或爬高爬低。	1	2	3	4
13	很难安静地玩或参与休闲活动。	1	2	3	4
14	总是一直在动，或是像被马达所驱动。	1	2	3	4
15	话很多。	1	2	3	4
16	在问题还没问完前就急着回答。	1	2	3	4
17	在游戏中或团体活动中，无法排队或等待轮流。	1	2	3	4
18	打断或干扰别人。（例如插嘴或打断别人的游戏。）	1	2	3	4
19	发脾气。	1	2	3	4
20	与大人争论。	1	2	3	4
21	主动地反抗或拒绝大人的要求与规定。	1	2	3	4
22	故意去做一些事去干扰别人。	1	2	3	4
23	因自己犯的错或不适当的行为而怪罪别人。	1	2	3	4
24	易怒或很容易被别人激怒。	1	2	3	4
25	生气的及怨恨的。	1	2	3	4
26	恶意的或有报复心的。	1	2	3	4

医生说是一种病，我说是一份祝福

虽然你们常常吵架，但总是两分钟之后又忘个精光，像没事发生一样开开心心地玩在一起。

偶尔，两个人睡前吵得鸡飞狗跳，气得一把眼泪、一把鼻涕，非得切八段不可……

夜里，又抱得紧紧入眠。

顽皮、容易分心、记忆力差、迷迷糊糊又忘东忘西，那些别人眼里的缺点，在我看来样样是人生厚礼。

这一秒不开心的事，下一瞬间就忘了；这一秒很生气，下一瞬间又受别的好玩事所吸引；这一秒觉得太困难、太沮丧，下一瞬间灵光乍现，闯关打怪的好点子立即涌现。

生活里怎么样也用不完的，是创意和想象力。

还有我很清楚，你们"不记仇"也"不发愁"的特质并非来自什么美德，全因脑子里的记忆体不足，只够存档快乐，装不下仇与愁。

如此甚好啊，感谢"踢公杯"给了我们这么美满的缺陷，一种不完美的完美，一种 ADHD 才懂的幸福。

医生说那是一种病，我说是一份祝福，人们认为的缺陷，在我眼里是你们的超能力。

多动症是一种人格特质

曾经有不少迷粉私下和我联系，告知台湾地区某多动症协会鼓吹孩子服用儿童精神性药物，我上该粉专去了解后，感到非常不可思议，那竟然还是一个公益团体！

该公益团体草率地转贴了一个别处的网页链接，然后更草率地摘要了内容如下：

1. ADHD 为脑部生理疾病。

2. 脑内分泌多巴胺及正肾上腺素不平衡，影响专注力、人际困难。

3. 半数 ADHD 孩童长大后仍有症状，黄金治疗时机为小学三年级前后。

4. ADHD 药物与安非他命为不同物质，不会成瘾。

5. ADHD 不会让孩子长不高，不会影响生长。

对于该发文的内容，我的解读是：

1. 你的孩子功课烂、顽皮好动、不听话、又不懂得如何和其他同学相处，这就是有病，有病就该吃药。

2. 除了吃药之外，当然还有许多其他方向可以尝试，但是我不打算告诉你。

3. 即便欧美列管多动症药物为二级毒品，我不但装作没听见，还以公益团体的身份推广。

4. 你的孩子只要身高没问题就可以了，其他都不是问题。

我实在不想用"其心可议"四个字来描述我的感受，不过那的确是其心可议，这让我联想到许多电脑病毒都是由防毒软件公司散布的原理。

首先，多动症不是病，那是一种人格特质。

不能因为群体中有少数思考模式与你不同、服从性不如你好、成绩比你差的人，你就指控他们"有病"。

从小在鸟笼里长大的鸟儿，也觉得飞翔是一种病。

他们思考方式与你不同，或许是因为他们观看世界的角度比你更多元；他们的服从性不如你好，或许是因为他们比你更擅长独立思考，有时盲目的服从才是人格缺陷；他们的成绩比你差，或许是因为他们拥有另一些你终其一生都无法达成的天分。

不再便宜行事,除了药物的其他选择

如果你的孩子严重情绪障碍,或者有严重肢体暴力倾向,为了确保其他孩童的人身安全,你的确应该让他们服药;但依据我这十多年来参与多动症研究的经验,百分之八十以上的孩子根本是被迫滥服药物,多半只因孩子功课赶不上、成绩不好、恍神或不服从指令,父母总是被老师客诉,为了图方便,投药最快,即便吃了药仍旧无效的状况非常多,但起码对老师有个交代。

许多支持药物的家长认为功课差、不服从指令或过于喧闹,造成孩子在校无法获得认同,因而失去自信心,而药物是一劳永逸的办法,吃了成绩进步又听话,人生就一帆风顺。

老实说,**孩子的问题应该回归教育面,**直接投靠药物只是一条便宜行事的路。

许多经年让孩子服用药物的人,其实内心仍是忧心忡忡,不过因为部分家长获得了立竿见影的成效,这下子不仅孩子用药成瘾,连父母本身也成瘾于这种便利与光鲜亮丽的满足感。

多动症家长怎么想很重要

学校可以很传统、很体制，爸妈大可不必，你的孩子成绩不好不代表前途不好，反过来说，只会考试的孩子未来就一定飞黄腾达吗？请打破这样的迷思。

如果你够挺孩子，不以分数来衡量他的优劣，他们自然会自在又自信，**家庭支持系统才是形塑人格的强大结构**，爸妈的态度是孩子快乐与不快乐、抗压与不抗压的首要关键。

如果你总是样样拿孩子与别人比较，一旦比输了就负面语言、就否定加责骂，即使功课再好的孩子，遇到你一样会自信缺缺，因为要比永远也比不完，比完了数学还有英文，比完了英文还有作文，比完作文还有钢琴……如果你总让孩子觉得自己无论如何都不是最好的，那他又怎么成为最好？

孩子不守规矩，靠吃药来控制他们的心智让他们乖巧，这一种懒惰的做法，的确达到省时、省力又省事的效率，如此一来你赌上孩子的身心健康只为了方便。孩子不守规矩难道不是家庭教育的一部分？

其实爆走DD也有这个问题，但是我选择了另一条比较辛苦的路，**陪伴、引导、抓住每个机会教育，固守不可撼动**

的管教原则，一刻不松懈，奖惩分明，让孩子知道什么态度是必须调整的。对，这样可真是累爆了！很慢、很耗时、很伤神、很火大，而且也不知道他到底哪天才会变成一个像样的孩子。但是生养生养，生了就是要教养，教养是生育者的责任，其实只要坚守原则（比石头还坚硬的原则），你会发现孩子渐渐在改善，虽然进度慢到折磨人心，但是请珍惜任何一丝丝的进步。

你真的了解多动症药物吗？

许多家长宁可相信多动症药物不会成瘾，但是他们的孩子却从幼儿园一路吃到高中、大学，甚至连出了社会都继续服用，如果药物能"治愈"多动症，那吃了十几年的药早该"好了"吧？

多动症药物是"中枢神经兴奋剂"，也就是人造脑内多巴胺，药效与古柯碱极相似，在美国与吗啡、鸦片及古柯碱同列第二级管制药品，是极高度易上瘾的药品。该药品俗称"儿童古柯碱"或"穷人古柯碱"，美国和南美洲毒贩将其取名为"维他命 R"。

长期服用中枢神经兴奋剂会造成自然的脑内啡停止分泌，一旦如此，外来供给就无法中断，这即为"成瘾现象"；而且有些孩子用量越来越大，到了青春期为了控制其叛逆性，父母甚至投以高度危险的剂量，有些孩子因为早已产生抗药性，遂造成生活失控的局面。

西药是拿来救命的，不是拿来让孩子听话的

自然的脑内多巴胺一旦停止产出，对于人造兴奋剂又已经麻痹，最终会产生严重忧郁、自杀倾向、暴力倾向与人格分裂等严重精神问题，如果你不相信我的说法，也不相信台湾地区网络的资讯，你大可到国外网站多做搜寻，相关的国外翻译书籍也不少。或者可以听听长年服用忧郁症药物者的经验（抗郁剂也是人工脑内啡），那些药，只会越吃越忧郁、越吃越痛苦，吃到人生堕入无以复加的黑暗深渊；我敢这么说，是因为过去我服用了超过八年的抗郁药物，我深刻体会了无度的绝望，多动症药物比起抗郁剂有过之而无不及。

有些人说："我的孩子吃了十年一点问题也没有，外界都把药物妖魔化了。"我想说的是，西药是拿来救命的，不是拿来让孩子听话的，大家都知道止痛剂吃了伤肾，但是很多人吃了很多年不也没事吗？可是，我相信你一定不会愿意以一天照三餐吃止痛药的行为跟洗肾对赌，阻止遗憾发生的最好方法，就是事先杜绝那些可能会发生的遗憾。

药物的副作用不是一时半刻就会彰显的,或许一辈子都没事,或许在孩子长大后的某一个阶段引爆更严重的精神问题。

我家的多动症宝贝，不吃药，飞更高

药物总是治标不治本，改善多动症其实可以从多方面着手。例如在饮食上，应该避免食用糖类、味精、奶精、色素或任何人工再制品（包括零食），尽量食用天然食品。

改善过敏原、增加运动量是当务之急

此外，建议你带着孩子去检测过敏原，**过敏原是造成过动或注意力不集中的头号大敌。**

许多意想不到的过敏原更是普遍到让人瞠目结舌，如麦（包括面条和面包）、米、鱼、豆（包括豆制品及酱油）、坚果、花椰菜、柑橘类甚至是胡萝卜；请务必坚持三个月到半年内不接触过敏原食物，让细胞重新新陈代谢并修复，迷路通过这样的过程获得惊人的改善。很难做到，但是绝对值得。

无论是 ADHD 的冲动、好动，或是 ADD 的恍神、注意力严重缺失，皆是由于**"动不够"的缘故**，运动是促使脑内多巴胺分泌的最佳方式。

家长可以替孩子选择**训练平衡感的运动**，刺激左右脑协调，

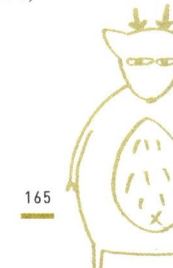

如跳绳、直排轮、冰刀、脚踏车、独轮车、滑板、游泳或左右手拍球。迷路自从每日固定跳三百至五百下的跳绳、周末固定直排轮与冰刀，以及其他平衡类运动的穿插之后，才经过半年注意力集中能力与解决事情的能力大跃进，学习障碍也获得改善。

多动症的孩子先天性脑内啡分泌较少，脑内啡不但能使人愉快，也是使人专注的重要元素，所以 ADHD 的孩子好动就是一种机制，那是大脑为了让自体透过不断地运动产生脑内啡而有的行为。于是坐不住、扭来扭去，像毛毛虫一样，情绪上也容易起伏，所以大量的运动是他们迫切急需的当务之急。别老是因为孩子过动、暴躁而责备，因为责备也没用，必须付诸行动，拿出时间，带着孩子运动才是解药。

家长实质陪伴的好处

现在小孩接触 3C 产品的机会多，**杜绝过量的电视、手机与平板电脑，**这绝对不仅仅是为了视力着想而已；大量的声光与速度刺激会瞬间激增脑内啡，所以为什么会有电玩成瘾的现象就是这个道理；过度依赖平板电脑当保姆的状况，会使得日后孩子一见纸本书籍就兴趣缺缺，也导致遇到相对没有刺激感的事物便有灵魂出窍与注意力不集中的状况。其实我并不完全禁止孩子看电视或玩平板电脑，毕竟他们在同侪之间仍需要维持一定的融入感，但是时间上是有所限制的；平板电脑的使用一周最多三十分钟，如果表现不好还会扣除使用时间，至于大人的手机，我是不给孩子玩的，因为画面过小。

台湾地区的教材实在是无聊至极，别说小孩了，连老木我看了小五的课本也差点昏迷；如此乏味的填鸭式内容，万一再加上较为严肃的老师以及较为生硬的教学方式，小朋友上课恍神也是天经地义的事。所以如果孩子的学习状况不好，我们要想方设法把课本拿出来，细读之后用好玩的方式重新诠释、教学，当我**把课本讲成故事、把需要死背的内容拆解成图像、谐音或联想式的记忆**时，像迷路这一类拙于背诵（注意力不集中造成）的孩子，也能渐渐记起原本记不起来的课业；最重要的是，当我这么做了以后，迷路觉得好玩，事情一旦变得好玩，学习意愿就高了，专注力也好了。

相信自己的孩子，找出适合的学习方式

家长如果可以发现孩子的优点与天分，看见他们与众不同的面向，然后大量地鼓励，获得认同的孩子，即使成绩表现不尽如人意，他也会在行为表现上越来越好；因为那样的孩子懂得肯定自我，他知道自己是个很棒很优秀的人，值得在行为表现上达成更高的自我要求。长期被否定的孩子，只会每下愈况，他们自我放逐的比例也高。

在行为方面，有些家长过度放纵，造成孩子失控，最后无

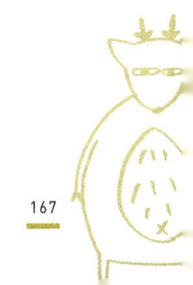

可挽救只好吃药；还有另一种，则是过度严苛地看待童年，其实童年本来就是顽皮的，本来就是不社会化的，本来就是爱玩的；有些家长的标准过高，所以很容易渲染孩子的问题，一旦认为有问题，就落入了用药物"纠正"的行列，这两种极端都需要心态上的调整。

在学习方面，家长记得倾听孩子的问题，仔细分析学习上障碍的成因，规划除了体制外的另一种教学方式。我指的不是非要你从体制内出走不可，其实身为父母，我们在家里就可以补足这一块，一味指责孩子不上进、不用心、不专心，其实没办法解决问题，因为他们天生就是脑内多巴胺较为少量的一群，找出适合他们的学习方式，教学绝对不只是老师的工作，你比任何人都懂你的孩子，试着脱离填鸭式的路径，走出一条自己的教学风格。

除此之外，**保持与老师的良好沟通，**千万别以为每个老师都知道多动症真正的意涵，也千万别以为每个老师都晓得儿童精神科药物的伤害性；把书籍、资料找出来，仔细地与老师讨论，告诉老师你并不在意成绩，孩子虽然比别人慢一点，但是会持续前进；不过，你当然也必须拿出你愿意带着孩子前进的满满诚意。另外，告诉老师你正努力于各个面向的尝试，相信假以时日孩子一定会有所不同，请老师用另一种角度看待，毕竟每个孩子都不同，我们需要的只是多一点点时间上的宽容。

最后，**适量补充铁质、镁与维生素 B 群，也能改善注意力和情绪问题。**

我猜很多妈妈看完前述的"另一条路"之后，可能要大大叹口气："天呐！我还是让孩子吃药好了！哪来那么多美国时间啊？我是职业妇女耶！"

不巧迷路妈我也是个忙碌的职业妇女，而且还是个单亲妈，凡事事在人为，今日的付出或许与明日的收获不成正比，但是起码不会造成永恒的遗憾；你的孩子是你的，你的选择也是你的，但我该说的还是要说，看到那样的一个公益团体，我的良知告诉我，必须把事情的真相告诉大家。

最后，多动症协会用"半数 ADHD 孩童长大后仍有症状，抓紧黄金治疗期……"来恐吓家长，在这里告诉大家，米米本人就是资深 ADHD 人，我现在过得还不赖，有专业也有事业，多亏了我没有"痊愈"。

还好这个世界有多动症，也还好爱迪生、爱因斯坦跟华特·迪士尼都没有被拖去"治疗"，呼！

懒得陪伴之后，药还是解药吗？

我经常收到许多妈妈焦虑的求救讯息，不过平均每十个 SOS 之中，约莫会有三个是以下这一类型的妈妈：

她们的问题多半在于孩子长期服用药物却无效，有些打从一开始就对药物无感，也有些是吃了一阵子之后产生抗药性，于是她们手足无措，这一类的妈妈并不算太少数，以下内容供大家参考。

究竟是 ADHD，还是教育问题？

妈妈："米米，你可以帮帮我吗？我的小孩吃了 X 月（或 X 年）的 ADHD 药物，可是一点都没有改善耶，一样好辩、一样满嘴说不完的借口、一样动手打人、一样脾气暴躁、一样成绩很烂、学习有状况，我该怎么办啊？"

我："你试过其他方法了吗？还是不管三七二十一先让孩子服药再说？"

妈妈："我哪有时间研究什么其他方法啊？我是职业妇女耶！"

我:"可是我也是职业妇女耶,现在是网络时代,你如果有时间上 FB,就应该会有时间替孩子收集资讯啊。"

妈妈:"拜托,你不知道我都快疯了,老师三天两头抗议,要求我的孩子吃药,医生也认为他要吃药,那当然就得尊重专业啦,况且,我哪有那么多时间和心情去应付啊!"

我:"那……结果服从老师、遵照医嘱服药之后,你的孩子符合期待了吗?"

妈妈:"就是没有啊!所以我才想请你给我建议的嘛!"

我:"好,那你先带孩子去验过敏原,然后严格避开过敏原三至六个月,让细胞重新新陈代谢后,一切状况就有机会改善。"

妈妈:"不行啦,我之前有看过你的文章,但是孩子的爸爸觉得你的说法太荒谬了,孩子坏就是坏,跟过敏有什么关系?"

我:"你难道不能决定自己的孩子能不能去验过敏原吗?"

妈妈:"不行啦,这样孩子的爸爸会生气,家庭和乐很重要吧!"

我:"那你从饮食方面着手好了,试试这半年先不要让孩子

吃色素、糖类、零食，还有再制食品。"

妈妈："没办法啊，长辈会给啊，而且小孩爱吃零食很正常嘛！还有，我上班的时候谁盯着他？"

我："那你带孩子去运动，溜直排轮、到公园爬游具、走平衡木、游泳、骑脚踏车。"

妈妈："不可能啦，哪有时间啊，他平常要上安亲班，周末还要补习，而且妈妈总也该有自己的生活要过吧？女人也要爱自己耶。"

我："其实平时在家，每天都可以要求他跳绳，一天五百下，还可以玩左右手交换拍球，一天一千下，不需场地又方便，可别小看这些运动，很有帮助的。"

妈妈："怎么可能做这么多！我根本连一下都叫不动他吧，气都气死了！"

我："怎么不可能啊，我们家 DD 小一，一天跳六百下，迷路小五，一天跳一千五百下，跳绳不仅能帮助注意力集中，和缓躁动，还能长高哩，一举数得。"

妈妈："每个小孩都不一样啦，你的小孩特别乖，但我的小孩就不是啊！"

我:"我倒觉得原因出在每个妈妈都不一样,我有原则,你没有。"

妈妈:"吼,我真的没时间也没耐性跟他耗耶!"

我:"那你先从控制电玩、电视之类的3C产品开始好了。"

妈妈:"不行啦,那他会又吵又闹,我下班都很累了,只希望他安静点让我好过。"

我:"……我现在知道你一开始说你的孩子总有'满口说不完的借口'的原因了,因为你就是这样的大人啊!搞不好他根本没有ADHD,这些问题也根本只是教育问题啊。"

依我看,像这样一个缺乏陪伴、缺乏运动玩耍、缺乏理解又缺乏亲子互动的孩子,他情商差、脾气坏,他不懂得正确的人际互动,他好辩又爱推卸责任,他讨厌上课、痛恨学习,不都只是刚好而已吗?

即使"正常"的孩子在这样的对待里长大,大概也很难正常了,那与ADHD究竟有多少关系?我实在看不出来。

"爱"、"陪伴"和"理解"是最好的药

生养不是给吃给睡就了事的简单活儿,如果你把教养的责任统统推卸给老师、安亲班与补习班，接着又把陪伴的责任丢给了3C，亲子之间的对谈内容仅剩下——"不要吵"或是"别烦我"或是"自己去玩"……那我老实说，就算是神仙下凡来当你的孩子，也不会好。

在这个样样讲求速度与效率的年代，人们把最不该讲求速度跟效率的"亲子关系"都制成了微波调理包。面对孩子百百种问题的当下，我们不经思考直接推给药物，更直接跳过了教育；其实大部分的问题都可以经由细致的教养过程来改善，但是越来越多人相信教养有捷径，天真地寻求一次到位的方便法门，于是有问题的不仅是孩子的学生生涯，严重者，最后还一路造成社会问题。

每当我看到网络上盛传着那些"女人应该多爱自己"或是"妈妈不该放弃自我"的文章时就觉得心惊肉跳；内容多半是向女性大声疾呼，即便当了妈妈，也该多花一些时间寻求自己的快乐，或者是母亲不该把孩子视为生命中的唯一之类的论调。但是，倘使你是个负责任的母亲，你势必能享受付出之后的快乐，也能了解花费时间陪伴孩子并不是一种牺牲，反而是一种精妙的投资；又假使你的脑袋不够清晰，那在阅读了这一类的文章之后，极有可能愚昧地将不愿付出合理化成一种不切实际的女性主义，这影响实在太可怕了！

别以为教养只是你家的事而已，那还是重大的社会责任啊。

我想告诉那些害怕提炼出陪伴孩子时间的妈妈们，别担心没机会多爱自己一点，也别怕失去自我，如果你愿意认真地栽种一株小草苗，不厌其烦地细心灌溉、天天关怀，给予充足的阳光和养分，要不了多久，这株小草苗就会长成根基稳固的小树，到了那个阶段之后，你自然而然能拥有属于自己的时间。

如我，孩子一旦上了轨道之后，便懂得自主学习与主动负责，这下子空闲就多了，我能学东学西、能和朋友聚餐，还能抽空看看电影或舞台剧什么的，但是在这之前，一切都得先有所付出，并且越早付出，你就越早脱身。

最后我想说的是，缺乏亲子互动的孩子，就算吞药丸吞到饱也不会好；但是获得了足够的爱、陪伴和理解的孩子，不吃药照样越来越好。

还有，ADHD 的孩子可以是个问题多多的麻烦人物，但也可能是爱迪生、莫扎特或华特·迪士尼这样的人物，好在当时他们没有吃药，否则此刻的我们没有光、缺了精彩的乐章，也少了许多奇幻与欢乐，不是吗？

老木是资深 ADHD

迷路：我的 ADHD 妈妈

迷路晚上进我房间时吓了一跳："哇塞，米米，你桌子怎么变那么整齐啊？什么东西都没有了耶！"

我说："因为吉祥物（猫咪）超爱我的桌子，只是想让她睡得舒服点嘛……"（羞）

迷路说："哈哈，吉祥物才来一个月，你四十年 ADHD 的乱七八糟都好了，这就叫作自然疗法哟！"

亏老木是儿子的嗜好。

小卷毛迷上镜头里的世界

最近发现 DD 对摄影很有热情，于是老木就把相机交由他保管了。很多爸妈担心孩子会把相机摔到了、弄坏了，其实只要将操作方式仔细说清楚，试着相信小朋友，你就能发现一个爱上摄影的孩子，肯定会比从来不被允许使用相机的孩子更懂得珍惜。

平时好动、顽皮、停不下来的 DD，一旦手里握着相机马上就变成一个沉稳的人，像个专业摄影师一样，随时随地等待捕捉美好动态。七岁孩子的视角充满故事，眼神里都是专注，他们镜头底下的世界让人惊喜连连。

DD 对构图、光线和颜色都很有自己的看法，他试着关灯开灯，也试着运用不同光色的手电筒制造出更富层次的氛围，为了呈现最好的角度，趴着拍、躺着拍、爬着拍，无不使出浑身解数！

不妨利用放暑假的时间，这么慷慨的两个月足以让孩子实现很多梦，探索很多以前未曾到过的新境界。

如果你的孩子是 ADHD，别担心，这是好事一桩，也表示**只要你能陪着他找到生命中的热情，他们会让你看到一生悬命的热血，**一种比起"正常人"更澎湃百倍的热血。

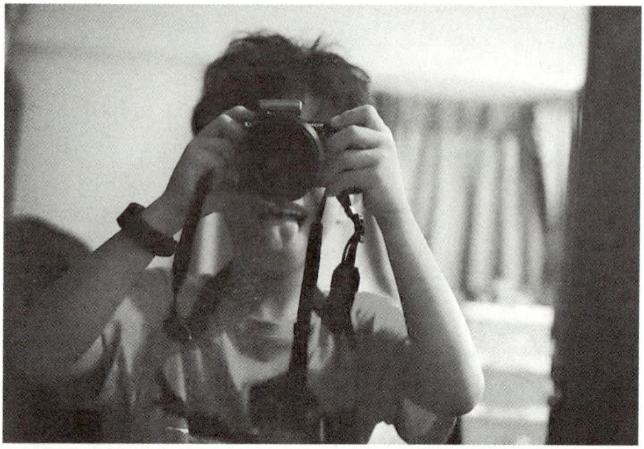

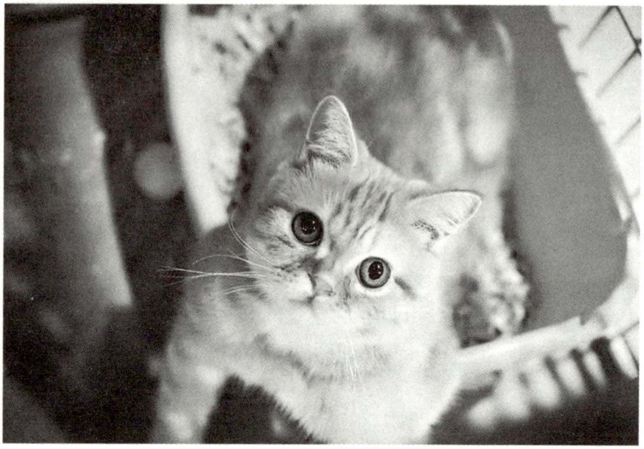

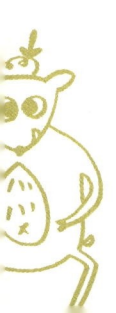

179

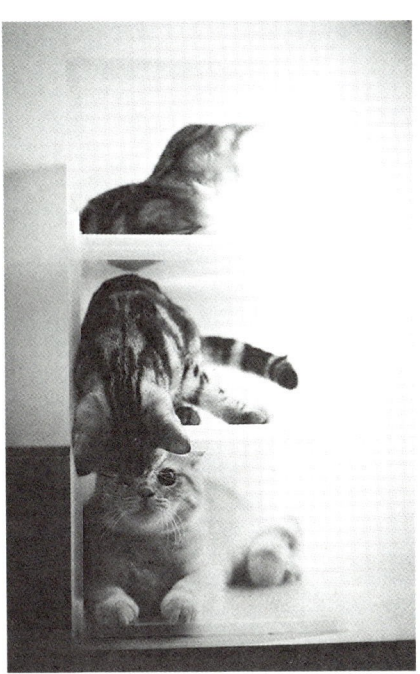

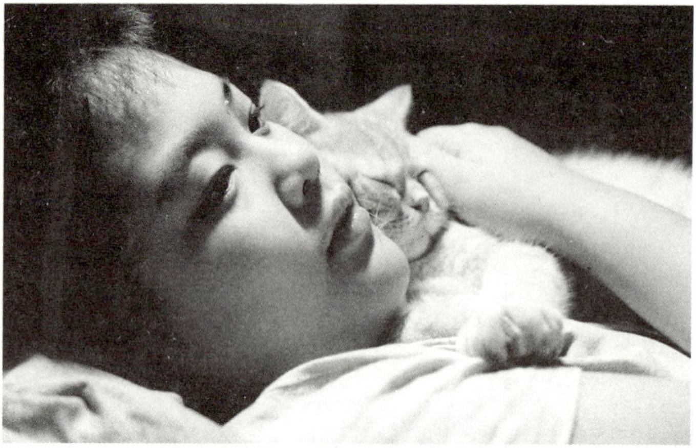

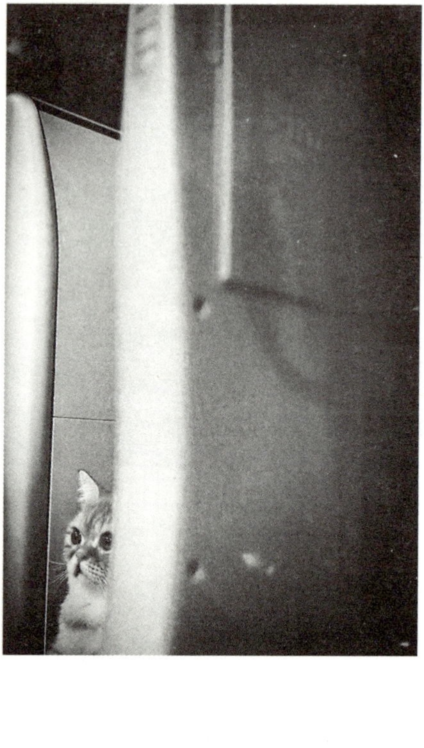

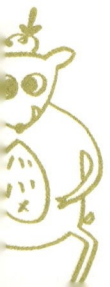

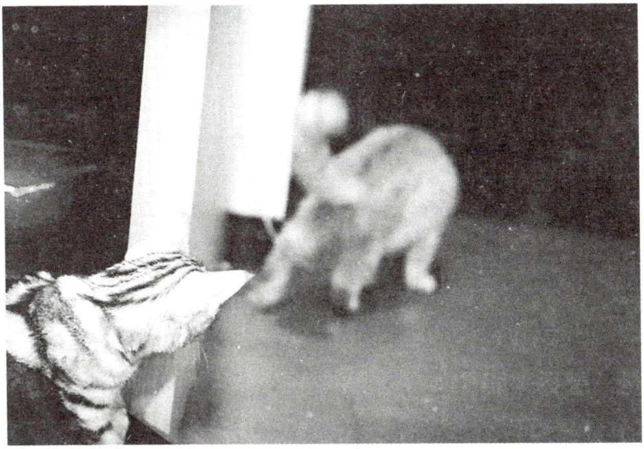

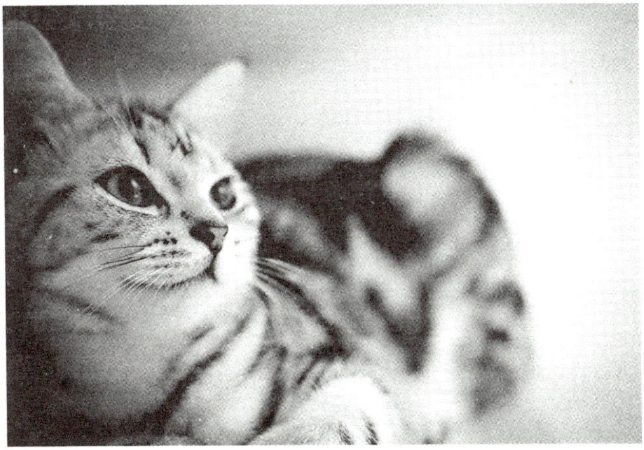

限量版灵魂，不需治疗，只需珍藏

昨晚睡前的母子三人瞎聊时光里，DD 小小抱怨着："米米你每次都骂我比较多，骂葛格比较少，哼！"

我说："那是因为葛格很少让我生气，很少辩来辩去、硬拗，也很少干出惊天动地的怪事，而且葛格知道自己什么时候该做什么事啊！如果你乖点我干吗要骂你啊？骂人很累的，你知道吗？"

这时葛格跟 DD 说："我在家里很少被骂，在学校也是，你知道为什么吗？那是因为我都不讲话。

"我把讲话的时间跟力气省下，用来观察，如果你好好观察四周的人和事，就可以知道什么事不该做，就不容易做错事。你就是因为一直讲话一直讲话……才没时间观察，如果你不要一直讲话，就会有时间想好接下来该讲什么话。"

听完十岁儿子的省话哲学，四十岁的老木惊呆了。

别说小一的 DD 了，这种体悟和修持，米米四十几岁也办不到啊！跟儿子比起来我的道行低得可笑，这孩子根本是来渡

我过河的呀。

一想到平时忘东忘西、少根筋的迷路，课业上常常丢三落四，有时可以从他书包里挖出一个礼拜前的发霉三明治，直到现在，他还是在枕头下放满了小玩具，睡觉时得抱着从婴儿期一直抱到现在的小枕枕，有时甚至还会因为肚子饿就乱哭。

摆明就是个十足的幼稚儿童。

但有些时候，他又像个轮回了无数次的老灵魂，总能在关键时刻以一种忘了喝孟婆汤的姿态，用既和缓又独特的节奏，说出修行千年的大智慧。

前一阵子，有个儿子同学的妈妈苦口婆心对我说："你应该让他吃多动症的药啦！干吗一直想那些副作用啊？大家还不照吃。现在才小学，你觉得课业好不好无所谓，但是他马上要上初中了耶，你要多替孩子的未来想想啊！治疗要趁早啊！"

我也懒得多说，心里微笑着，感谢老天给了我一个与众不同的 ADD 小孩，这么独特而美丽的限量版灵魂，不需治疗，只需珍藏。

至于多动症药物的副作用，除了伤身之外，还将导致精彩的魂魄失魂落魄，也将迫使不凡的变平凡。

你们是为了让这个星球更美而着陆的天使

小时候的爱因斯坦，被认定是个学习力奇差、智能奇低的孩子，其严重程度甚至被学校退货；幼年时期的爱迪生，为了搞懂火药的作用，某个圣诞节前夕他烧毁了大半个谷仓，在校期间被老师视为麻烦不断的问题儿童，因此一生仅受了三个月的体制教育，学校随即要求家长领回。

不过，爱因斯坦与爱迪生又是何其幸运！他们都有个愿意理解自己的母亲，不因老师的否定而失去盼望，这些母亲选择相信自己眼中所看到的那个美好小孩，不盲从多数人的论断。她们教育、欣赏、陪伴，为孩子准备了学校给不了的宝藏。

这些母亲，乐于替孩子的与众不同喝彩，勇于走一条更麻烦的路。

试想这些天才换了一个家庭、换了另一种高举精英教育死硬派的母亲，听了老师对孩子的否定之后，回家好好修理、好好恶补，责怪孩子跟不上进度、不认真、没脑袋；又或者听了医生的话之后，照三餐喂食乖乖药，期待他们变成程式被设定好的机器人。

倘若如此，别说 $E = mc^2$ 了，我们现在八成连个电灯泡都没有！

后记
献给所有焦虑的母亲，献给愿意感同身受的师者，也献给所有与众不同的孩子们，在我眼里，你们是为了让这个星球更美而着陆的天使。

儿童好，未来才会好

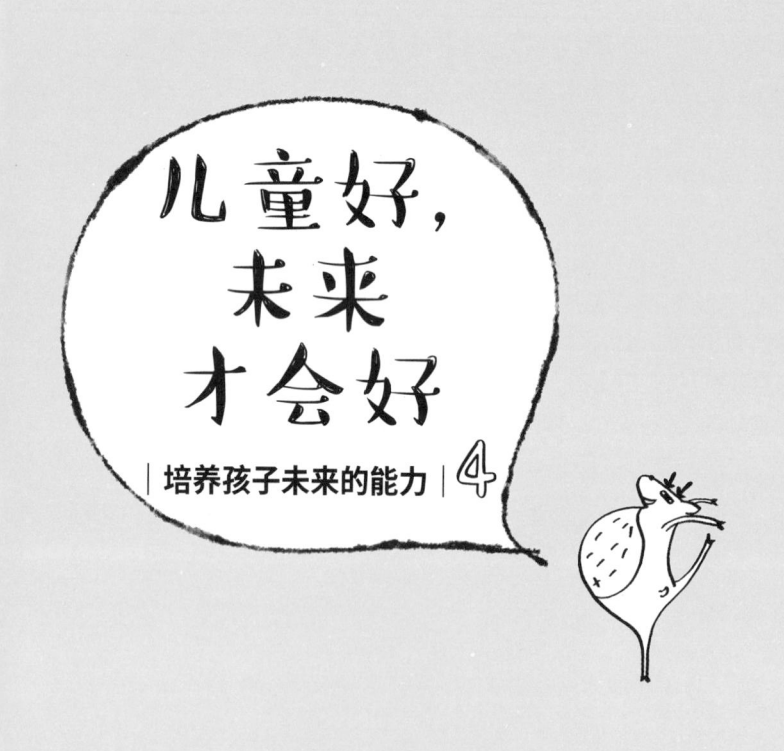

| 培养孩子未来的能力 | 4

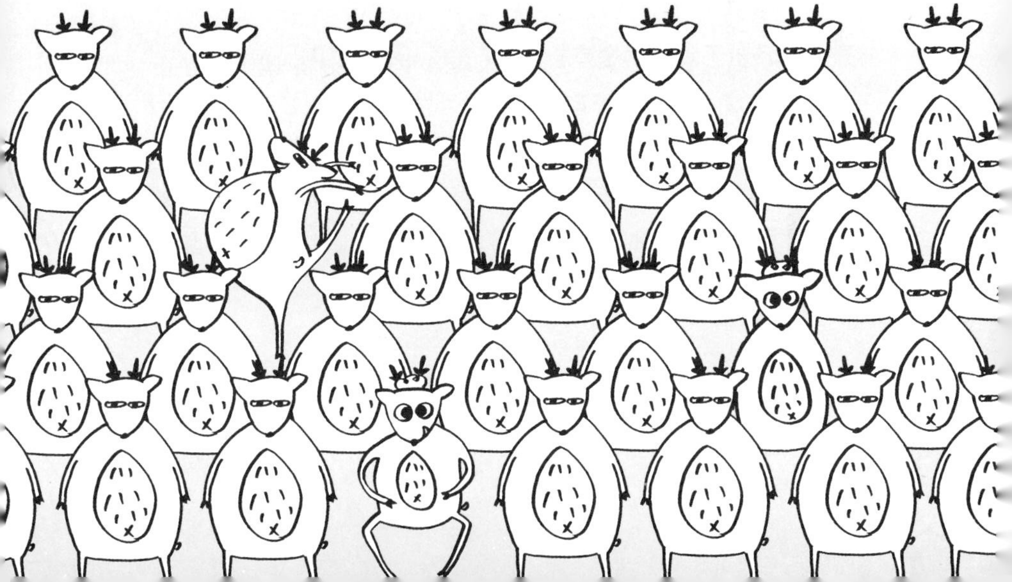

不一样，又怎样

五个月前我们母子三人在睡前谈天的过程中，创作了这样一个小故事，画出了故事的样貌，变成一个迷你绘本，分享如下：

情境1 学校的老师质问绿色三角形弟弟："你为什么跟别人不一样？你看看别人，大家都是颜色一致的正方形，偏偏你是个颜色怪异、形状也怪诞的家伙！"

情境2 回到家以后，爸爸妈妈也责怪他："你为什么不能和别人一样，做个正正常常的蓝色正方形？"

情境3 焦虑的妈妈，很害怕三角形弟弟因为和别人不一样，而阻碍了他自己的未来，于是拿起锋利的剪刀剪去他原本独特而美丽的形状，左一句"为你好"、右一句"为你好"，为了让孩子达成大人心目中的"好"，甚至忘了小小的灵魂最怕疼痛。

情境4 除去了"不完美的面积"之后，三角形弟弟被修剪成大人认同的正方形，但是此刻的绿色三角形弟弟却变得好小好小，小到连自己都找不到自己了。

1.

2.

3.

4.

5.

6.

情境 5 直到有一天,一道金色光芒乍现,眼前走来一位"星星超人",三角形弟弟好吃惊!

星星超人说:"小弟弟,你是不是觉得我很帅?"

三角形弟弟说:"对啊!你简直酷毙了!"

一直以来,绿色三角形弟弟都以为跟别人不一样是件羞愧的事,没想到眼前的星星超人却是那么地光彩夺目。

星星超人说:"那是因为我与众不同啊!"

情境 6 接着,星星超人抱起了被剪成小小小小正方形的绿色三角形弟弟,温柔地说:"你要相信独一无二是一种美丽,如果整个世界只剩下正方形,那人类是会因为停滞不前而绝望的!充满了各式各样的形状与色彩,本来就是宇宙最大的好意,请你试着喜欢你自己,也试着保留心中那份纯真美好的原形,好吗?"

✾✾✾✾✾✾✾✾✾✾✾✾

孩子,我懂你独一无二的美丽

我在协助许多家长的过程中,最常听到的就是:"我只希望

我的孩子能和别的孩子一样。"或是"最好孩子能乖乖坐好、乖乖读书、乖乖考试、乖乖听话、乖乖服从，考试科科一百，有耳无嘴，不要有意见。"

不禁使人思考着，还好无论在哪个时代、哪个国度，无论社会多爱大量地使用框架约束彼此，也始终会有那些"不太乖巧"的人类偷渡成功，否则文明早就终止于直立人时期了！

你想想——

如果这世界少了充满实验精神的燧人氏，人们不会用火。

如果这世界少了对威权提出质疑的伽利略，人们就不会知道地球是圆的。

如果这世界少了热爱冒险的哥伦布，谁会知道天下这么大？

如果这世界少了三番两次被老师、被学校退货的爱迪生，地球到现在可能还是一片黑暗。

如果这世界少了见解独到的葛楚·史坦，那历史就错失了现代主义文学、野兽派、印象派与立体派，我们也无缘见识梵高的《星空》，马蒂斯的《跳舞的人》与海明威的《流动的盛宴》。

如果这世界少了顽皮不羁的华特·迪士尼，我们的童年又将少了多少故事？一生要少去多少座梦想乐园？

我们要感谢这些愿意与众不同的人物，人间正因他们的存在而精彩万分啊！

诚心期待所有大人都愿意当孩子的伯乐，都愿意做孩子的星星超人，抱起他们，温柔地说："孩子，我懂你独一无二的美丽。"

也谢谢我的两个孩子，愿意在众多蓝色正方形里，自信又自在地当个与众不同的绿色三角形。

孩子爱谁是他们的事，他们开心就好

DD 说："米米，你是一个超奇怪的妈妈，所以我知道我以后就算跟外星人结婚你也没关系，但是如果他全身是绿色或蓝色的呢？"

我说："无所谓啊，肤色不重要，只要他没有把人类的肚子扒开或吃掉的习惯就好。"

DD 说："噢，那米米，我如果跟年纪比我大的人结婚呢？"

我说："吼——那有什么关系呢！你这小孩子怎么那么老派？"

DD 说："噢，那如果他比你还老呢？"

我说："嗯……只要你能确定她身体比我好就好，不太希望等我七十岁的时候，还得推个八十岁的媳妇去抽痰、晒太阳之类的。"

"你爱谁是你的事，你开心就好，但是，决定任何事都是你自己的人生，我不干涉也不负责，是好是坏统统自己面对、自

己承担噢!"我说。

DD 说:"那如果我不要结婚呢?"

我说:"那也很好啊!自由自在、无牵无挂。"

DD 说:"但是我以后还是想结婚耶,因为我很想知道有宝宝在我肚子里踢来踢去的感觉,那一定很好玩!"

这……

看来,在讨论结婚对象之前,我们还是先上上健康教育课吧!

孤独不等于寂寞

寂寞 vs. 孤独

寂寞就像一个人站在荒芜的小岛；孤独不一样，是一个人享受一整个世界。

以前我以为孤独跟寂寞是一样的意思，后来发现是不一样的。

孤独是一种人格特质，一个人也很精彩。

寂寞是一种情绪，就算旁边很多人、很热闹，他还是寂寞的。——迷路

✦✦✦✦✦✦✦✦✦✦✦✦✦✦✦

很多妈妈问我同样的问题："我的孩子口拙又不善交友，总是一个人自己玩，不爱跟别人互动。我觉得这样太孤独也太寂寞了，很担心他现在没有团体适应力，长大以后会不会缺乏社交能力？我该怎么改变他？"

老木问迷路:"我该如何帮助这些妈妈呢?"

迷路说:"我猜是大人搞不清楚'孤独'跟'寂寞'是不同的事情吧?孤独不是坏事啊,像我也不容易跟其他人变熟,别人小一就有很多朋友了,但是我到小三才有真正的朋友。在那之前,我每天一个人抓虫,抓鱼,抓虾,观察山上的小鸟,因为我自己就很快乐了啊。而且,我没打算把每个人都变成好朋友。可是如果遇到真的喜欢的好朋友,就真的、真的很喜欢,而且会一直喜欢下去。"

是啊!迷路真是如此,每当到一个陌生的团体,他都会花上很多时间细细观察,他害羞,沉默;他不急,缓缓淡淡,直到遇见频率一致的灵魂伴侣。

长袖善舞是一种能耐,或许擅长独处是更珍贵的能力也不一定,这同时也是达人特质里的重大关键,毕竟**任何一条追寻热血的道路,都是一个人的修行**啊。

寂寞是一种情绪,容易寂寞的体质,环境再热闹都是寂寞的,他总会有一个人的哀怨,两个人的孤单,三个人的空虚,四个人的敷衍,以及拥挤之后依然找不到归属的灵魂。

孤独就不一样了,那是一种人格特质,是一个人的饱满与精彩,凡是两个人以上的场合,肯定都是限定版挚友。

妈妈们不要担心了，能够独处的孩子心灵不空虚、永远不无聊，他们不容易起哄或盲从。优雅从容，自有定见。

迷路说："孤独不等于寂寞，有些事不一定需要改变，**你的小孩不是不喜欢交朋友，只是他的好朋友还没出现**。"

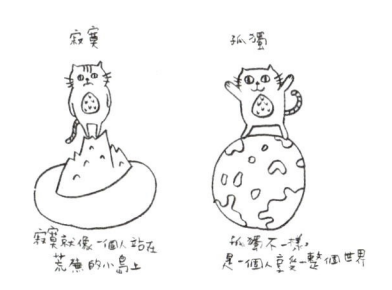

寂寞

寂寞就像一個人站在
荒蕪的小島上

孤獨

孤獨不一樣，
是一個人享有一整個世界

框架其实是一种依赖，
拆了它，让孩子学会靠自己

深入了解共学团体之后，迷路眼睛里散发出亮晶晶的光彩，那里没有死背书，没有死记标准答案的僵固，也没有选择题与是非题的框架，一切得靠自己找出结论，所有的课业都是报告、申论与实务操作形式，这完全合了迷路的脾胃，非常切合他擅长于发想又爱创造的特质。

迷路说："他们的语文课跟我们的不一样耶！"

我说，那是因为你之前上的是语文课，新学校上的是"文学课"。

当教育层次完全不同，重点就再也不是记记生字与生词，或背背修辞大法（引用、转品、借代、映衬、排比……）那般表浅的事了。在那里，老师带着孩子深入文字背后的涵养，陪着孩子深入理解宋词的意境，让孩子欣赏世界文学的美好，他们重在深刻阅读之后的思辨，重在哲学层面的启蒙，容许孩子们提出自我观点并交互讨论，于是我看了那边孩子的作文，深度甚至超越台湾地区体制内的高中生。

当迷路原来的学校还停留在"把作文当公文"的阶段，那里的小朋友早就拥有一支具足了五感、情绪表达、有风格也有见地的神来之笔了。

就连数学教学方面，也能让向来恐惧数字的迷路心花怒放，并非内容较为简单，关键在于他们把重点摆在数概念与数学逻辑思考之上，相较于原来过于强调繁复计算的填鸭模式，这样的课程内容让迷路忍不住兴奋地说："真好玩！好像福尔摩斯探案，每天要抽丝剥茧啊！"

跳出舒适圈，"学习"不再只求标准答案

很多人误以为我们只是为了逃避，事实不然，离开原来的学校反而是离开舒适圈的一种极大勇气，比起只要傻傻、乖乖背好大人给的标准答案就能度日，透过自主思考而获得答案的方式，其实更燃烧心智；比起应付千篇一律的考试型态，绞尽脑汁才能完成的申论报告，以及所衍生出上台简报的能力，才需要投注更强大的脑内革命。

这一阵子很多迷路旧校的老师纷纷给了我们满满鼓舞："妈妈，你的选择是对的，迷路在框架下太浪费了，离开框架才能大展身手！还有，我们的孩子也都正在自学或共学噢！"

没想到这么多体制内的老师也在带着孩子跳出框框，真是振奋人心。

我猜是时候了吧，台湾地区的教育真到了该被认真颠覆的时刻了，有时存在已久的事不见得就代表它必然是对的、是好的，多半只因人们长此以往被教导着无条件服从，被教导了放弃思考因果，也被教导要习惯受制约。想起小时候，我的曾祖母是个裹小脚的末代受害者，历史让女人缠足数百年，一时的牢不可破未必值得永恒歌颂，当然，我更不想让孩子们缠足于窄化的教条与视野之中。

有人认为体制外教育是一扇"不适应体制的孩子"的逃生门，事实上，过去迷路一点也没有不适应的问题，无论在课业（除了数学很烂）或人际相处之上，样样融洽快乐，我们纯粹只是发现了一条更有利于孩子身心发展的道路而已。

当然自学或共学的路并不好走，以现阶段来说，我们似乎看不见明确的终点，不过我们总算是走上了起点，只要一想到能培养孩子对于求知的热情，能理解世界上的事并非都只有一百零一种标准答案，也就是即使有答案的状况之下，仍能热血寻求更多可能性，只要一想到小朋友能获得独立思考与实务操作上的训练，这一切勇敢，就值得了。

体制教育，Bye 了，我们分手吧！

从迷路小五开始，我和我的小孩就跟台湾地区的体制教育说 Bye Bye 了，我们将朝着自学（共学）的全新方向前进。

最令人挣扎的地方不在于出走框架的不安，而是迷路的导师；她是我们最舍不得放下的缘分，一个那么乐于使孩子快乐的超级好老师，让米米在道别时落下了男儿泪，当然还有迷路的好同学们，他们是迷路一辈子都想在一起的好麻吉。

虽有千万个不舍却还是得离开了，那是由于对原来的学习模式彻底的感伤啊！

人生不该只有选择题与是非题

眼见台湾地区教育部门只肯扮演着提供学生标准答案的角色，决策者不求与时俱进，却只要求孩子拼命读死书、搏命大小考，仿佛赖在科举时代不愿重新投胎。

背背背，很多孩子上了初中以后，甚至连数学都要死背。

背背背，背去了二十年的人生之后（从幼儿园背到大学），

关于独立思考的部分呢?

关于文学与美学的欣赏力呢?

关于逻辑训练呢?

关于培养孩子主动学习的热情呢?

关于创造力启发的面向呢?

关于独立自主的磨炼呢?

关于解决问题能力的养成呢?

这些真正左右孩子未来的关键,在目前的学习架构看来全是缺憾,课表上有哪一堂能提供上述项目的操练?

没有,我们有时骗了孩子。

让孩子天真地误以为人生只要背好标准答案、只要得到漂亮的成绩单,就能飞黄腾达,甚至心想事成。

知识哪能是苦背而来?

事实上,把美好的学习行为简化成一种僵尸知识的背诵是相当危险的,如果这种士大夫观念或精英式主流是正确的,那为何不见台湾地区的竞争力提升，反而每下愈况？

细细回想，一路走来，台湾地区从"代工大王"直至陷入连"代工大王"的地位都拱手让人的忧伤处境，我们为什么不具备除了代工之外的能力？这点实在值得深思，虽然我与孩子的学生经验相隔三十年时差，但是在读书体验上非但未能感受进化，其僵化程度比起当年是有过之而无不及。

说实话，就算是迷路这样一个 ADD 加上学习障碍的孩子，通常只要拼命背、死命记、反复又反复地机械式演练，考试时一样能获得不错的分数。在米米这几年锲而不舍地想方设法之下，迷路除了数学真的不行之外，其他科目要考个八九十分不算难事；不过往往考完几天之后再请他重答，正确答案大概也忘了一半。

其实别说是迷路了，相信你我都曾听过、说过"考完就还给老师"这句名言，它是很多人都历经过的事实。

反而是迷路透过自身热情学习来的知识，如宇宙星体，如昆虫，如动植物，如科学、文学与哲学，从不须苦背，却总能扎根灵魂，永志不灭。那些养分也因着主动追求而成为厚实的深度，迷路的小脑袋早就是一套精彩的小小百科全书了。

老木总觉得能让孩子变得更优秀的关键，在于**培养他们自**

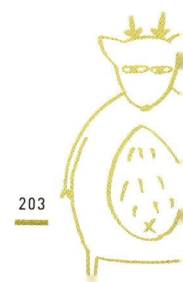

己找出答案的能力，而绝非在不容许独立思考的状况下，日复一日上演着"你硬塞、他硬吞"的戏码。那句大人口里念兹在兹的"赶进度"三个字，从三十几年前听到现在未曾停歇，台湾地区孩子的进度似乎永远也没有赶完的一天；于是老师与父母也只好一同在体制的大海里溺水，无以为继之下，被迫把补习班当成救生圈，最可怕的在于：周围的人们要求孩子生吞僵尸知识的目的，并非为了培养"博学多闻"的人才，也非为了孕育出"活用知识"的人才，这种高压式的被动学习，往往仅为了获得意义不大的完美分数。

老天！我要的不是一个为了应付考试而被迫平庸的孩子啊！

我要我的孩子不浪费爱思考的能力，更不磨灭天生的创造力，如果说记忆力好（死背）是一种优秀的资质，那远比记忆力更重要的开创性、独立思考力、想象力、幽默感、自主性与解决能力，就更不该被牺牲了。可惜，在台湾地区的体制教育之下，对于那些相对更美好的特质不但视而不见，甚至打压。

找到学习的藏宝图，孩子快乐探险去

其实背死书是最廉价的学习方式。

拼命考试以证明学习程度则是最懒惰的教育观点。

长久以来走跳江湖的日子里，老木从社会现象的观察里获得许多体悟。其实大部分我们口里所不屑的"妈宝"，不见得都是妈妈养出来的，教育部门也该负起很大一部分的责任；如果一个孩子从小一到高三这十二年的时间里，都得拼命追赶着各科进度，被迫背着背不完的书、写着写不完的功课、考着考不完的试、爬着爬不完的评量与补着补不完的习，再加上什么"英检"、学测作文分数拉高比重等等所创造的扭曲恶补怪象，那孩子们又得拿什么时间来学习自理？拿什么时间来磨炼生活能力？

特别是上了初中之后，课后辅导可以搞到八九点，好不容易放学回家，又得应付今天的作业和明天的考试，别说要他们帮忙做家事或学着料理生活琐事了，那些十多岁的孩子甚至连成长期迫切需求的睡眠时间都牺牲了。

面对台湾越来越乖张的填鸭式教材与越来越忽视思考能力的体制，我决定不在红海里蹚浑水了，我要带着孩子去蓝海里游泳，不明就里的人可能以为我的孩子今后会过得太松散，也可能在缺乏认知的状况下，误以为这是一种恐龙家长的放任态度。事实上，比起背好课本上的标准答案，透过思考才能获得答案的过程更耗时费力；比起被动学习和被迫服从，主动追求知识与透过生活体验所养成良好的判断力才更劳心劳力。

今后我跟孩子将为了求知付出更多时间、花上更多心血，往后的日子，再也不是乖乖按表操课就能得过且过地活着啊！

我猜你一定会问："为什么米米这么有勇气？为什么要这么大胆一搏？"

噢，那正好相反！正因为米米太俗辣、太没胆，所以才不敢拿孩子接下来十几年的岁月开玩笑。在人格养成最关键的阶段中，孩子当然应该把光阴用在培养生活认知与探索人生方向之上呀！

反正，我们找到别颗星球了，体制教育 Bye 了，我们分手吧！

反正，外星人最适合迷路！

反正，人生本来就是一场又一场的华丽大冒险！

江户时代的神奇宝贝

学校的文学课前一阵子上到《山海经》，这几天又讲了黄帝大战蚩尤的历史，其中提到"雷兽"时，迷路跟老师说："好巧噢，我看过一些介绍日本妖怪的书，里面也有雷兽耶！"

老师说："哦？中国的雷兽是头绿色的牛，那日本的长什么样呢？"

迷路说："呃——我也不知道，因为书上只有字没有图。"

老师说："很好，这就是你今天的功课，回去好好研究书上文字的描述，然后靠着想象力创造一只雷兽，明天带来跟大家分享。"

回家后，迷路兴致勃勃找出家里好几本日本民间传奇书籍，凭着文字线索开始勾勒他心目中的那只雷兽。

其中一本日本江户时代的著作《甲子夜话》里描述得最为传神，大意是雷兽随着巨大火球来到人间，又称"千年鼬"，外表像鼬鼠，有山猪般的獠牙，全身灰毛，六条腿，两条尾巴，并且趾间有蹼，长着水晶般的爪子。

后来迷路不只完成了画面上的雷兽，还主动花了三个小时准备相关故事做报告，这么灵活的教学实在是太有趣了！在我看来这份作业一点都不简单，从收集资料、筛选到整理内容，过程中有逻辑上的训练，有创造力的激发，还提供孩子主动阅读与自发性写作的诱因。

以前那个讨厌死课业的孩子脱胎换骨，除了迷上中国古典文学，也爱上了跨文化的探索，对作业花上再多时间也乐此不疲。

后来迷路问我："米米，你看我的雷兽画得如何？"

"太绝妙了啊！我好爱这只江户时代的神奇宝贝！"我说。

雷獸
《千年狸》

江戶時代著作《甲子夜話》中記載，雷獸是隨著巨大火球漂游人間，傳說牠棲息於地底，又稱「千年狸也」，外表像鼬鼠，全身覆蓋著灰白二隻前腿，四隻後腿，地上場者般的長牙，腳趾長著水晶一般的爪子之形有怒獠。

历史课好好玩

学校要孩子们做历史报告,时期自选。

本来以为迷路会选择古埃及、波斯或希腊时期,老木主观上认为那几个阶段比较好发挥,不但有丰富的故事性,还有美好的色系与图腾视觉。

结果迷路选定了更久远的石器时代,一个智人、尼安德塔人与狼并存的时期。他想探讨人与狼互利之后协助彼此演化的过程,这实在是太有趣了,知识性的精彩程度远远超乎想象!

一整个礼拜他拼命翻书、上网,努力从古文明影片里找出线索,另外还阅读了狼与犬的动物行为,把这些内容咀嚼消化后串联成一份很有营养的报告。

除了文字报告和手绘裱版之外,造型上也力求有梗。周末一早他要求我带他去布市选布,傍晚又跑去美术社买其他材料,迷路替自己制作了一套摩登原始人造型的服装。衣服是自己缝的,道具统统自己来,完成穿上后,他站在镜子前,头歪歪地说:"咦?怎么有点像花妈的变装秀?"

话说，功课不一定都是恼人的，也不一定得乏味，学问更不一定需要死背，自己找出来的答案，一辈子记得，自主学习的成效往往更深刻！

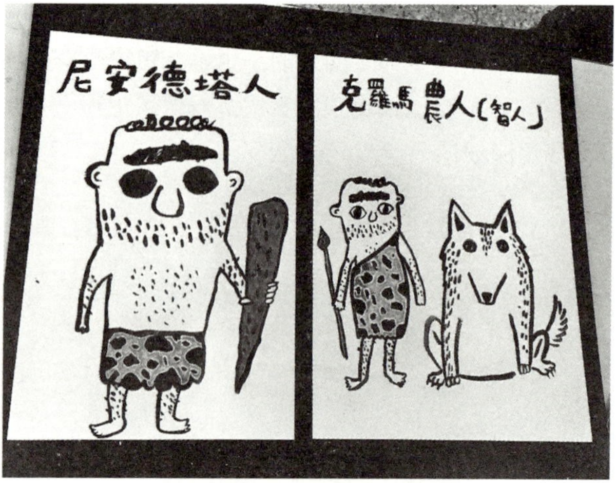
尼安德塔人
克羅馬儂人(智人)

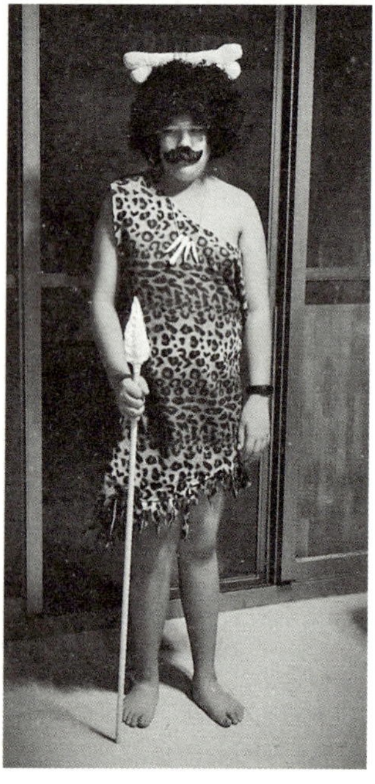

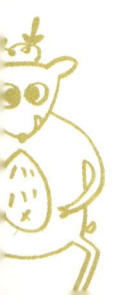

回家作业好好玩

开学第一天的回家作业，老师出了两句五言绝句为题目，分别是第一句和第三句，然后请小朋友们自由创造第二和第四句。

迷路问我怎么写才好呢？

我请他分别从"对比"或"类比"两方面来设想，例如绿色的对比是红色、大的对比是小，听见的类比可以是看见等等，请他自己好好发挥创意。

一小时后好东西出来了，而且还有两个版本。

第一版（正经版），颇具诗人情怀，让人惊艳的小小文青超龄意境。

第二版（走钟版），是如假包装的小学男童风格，不看脸都知道是小屁孩无误。

不讲平仄对仗或韵脚的工整度，纯粹激发文字的想象力，作业也可以又好玩又有深度呢！

〈第一版〉

色痕在傷
有無還已
山水花葉
看看來去
遠近春秋

〈第二版〉

色香在塞
有辣還落
山麻花狂
看聞來完
遠近春吃

不肯请假的学生，超爱上学的小孩

一天老木带两个小子去公园放电，当迷路追着 DD 跑啊跑的，并打算使出大绝招"疯狂伏特"的时候，一不小心扭伤了脚踝，肿了好大一包，到了周日也不见好转，痛到几乎无法走路。

我说："哇，你一拐一拐，跛脚了耶，明天要不要请假啊？"

迷路说："才不要！上上星期流感已经请了两天假！害我错过好多好玩的事情，我不要我不要……"

咦？怎么这么神奇？！究竟是什么学校能让小孩这么喜欢上学？

于是老木陆续拍下共学团的教学内容作为孩子的成长纪录，一并与大家感动分享。

这是这一阵子上的天文课，内容不含任何需要死记的数据或课文，只有因着理解而扎根的真学问。

老师讲得毫无冷场，孩子们听得目眩神迷，小朋友时而认真思考、时而热情发问，过程中的讨论最是珍贵，除了天文与历史之外，还有满满的文学性。

课堂上横跨了埃及、古罗马到中国的天文观，从《晋书·天文志》里的盖天说，东汉的浑天说到宣夜说，孩子们认识了东方的"论天三家"。又从西方的天文观切入，由教廷的地心说一直讲到哥白尼与伽利略的日心说，光是说一个太阳和月亮的故事就穿梭古今中外千年，无论是二十四节气，阴历与阳历的秘密，都内化为孩子灵魂里最滋补的养分了。

这么有趣的上课方式谁会不专心？谁能不着迷？老木都快羡慕死了，狠狠捏了迷路的屁股："吼，为什么我都没有这样的求学过程！"

这同时也让老木领悟了"点状式学习"与"带状式学习"的大大不同，教学法门如此，才能带领着孩子站在更高的位置，以鸟瞰的姿态收纳更具世界观的眼界。

如果教育是活的，求学问的过程是有趣的，其实父母相对轻松呢！没有紧盯功课的困扰，更没有念兹在兹的分数焦虑，当大人成功引发了求知欲，接下来，小孩自己就会拼命往前冲，想拦都拦不住。

迷路有个同学为了找资料忙到晚上十二点还不肯睡觉，妈妈催促他上床，他还是坚持要完成某个阶段；也有同学连续五

※ 照片内除了老师手写的迷人黑板之外，还有迷路与同学们的心得笔记，字字句句都是纯粹的理解，因懂得而写。

天，天天埋在图书馆中不愿离开，只为了能做出一份有趣的报告与大家分享，孩子们的脸上都是兴奋的笑容！

这就是被迫学习与自主学习的差异，前者，大人、孩子皆苦；后者，大人轻松、小孩开心，自己亲手栽种的果实总要比买来的动人。

迷路有个同学的妈妈说："原来小孩也可以这样长大。"

是啊，提供标准答案是最廉价的做法，填鸭子也不是单行道，丢掉功利主义之后，孩子才能找回自主学习的权利；当你看着小小的他们一头栽进追求学问的快感之际，那一刻起，爸妈才能感到真正的安心。

孩子的智慧怎么来？

很多大人很讨厌小孩子，可是你们一年里会遇到几次讨厌的小孩呢？

可是小孩就不一样了，我们随时随地都可以遇到讨厌的大人。

爱闯红灯的大人、爱插队的大人、爱管闲事的大人、爱碎碎念政治的大人、爱逼小孩考一百分的大人、爱乱停车的大人、爱杀价的大人、爱比较的大人、爱骂别人的大人、爱大声讲手机的大人、爱暴力的大人、爱凑热闹的大人、爱嫌别人身材的大人、爱在网络上当酸民的大人、爱说谎的大人、爱赚钱没良心的大人、爱贪便宜的大人、爱飙车的大人、爱恐吓人的大人、爱污染地球的大人、爱吃保育类动物的大人……

只是小孩子不会跑去骂那些大人，因为我的头脑很清楚，我知道这世界上不是每个大人都是恐龙大人，只要我以后不要做那种大人就好了。——迷路很多大人很討厭小孩子，可是你們一年裡會遇到幾次討厭的小孩呢？

可是小孩就大不一樣，我們隨時隨地都可以遇到討厭的大人，愛闖紅燈的大人，愛插隊的大人，愛管閒事的大人，愛碎碎唸政治的大人，愛逼小孩考100分的大人，愛亂停車的大人，愛殺價的大人，愛比較的大人，愛罵別人的大人，

愛大聲講手機的大人，愛暴力的大人，愛湊熱鬧的大人，愛嫌別人身材的大人，愛在網路上當酸民的大人，愛說謊的大人，愛賺錢沒良心的大人，愛貪便宜的大人，愛飆車的大人，愛恐嚇人的大人，愛污染地球的大人，愛吃保育動物的大人……。

只是小孩子不會跑去罵那些大人，
因為我的頭腦很清楚，我知道這世界上不是每個大人都是恐龍大人，只要我以後不要做那種大人就好了。

生活在这个躁郁体质的社会里,究竟是大人宽容孩子的机会比较多,还是孩子宽容大人的概率比较高?

大人愿不愿意宽容孩子是一种选择,但孩子愿不愿意宽容大人,那就连选择的余地都没有了。

不过正因为他们必须概括承受,所以他们的世界也比大人更接近智慧。

一个毛头小童的愿望

爆走 DD 昨晚跟我说:"我长大要当领导人。"

此话一出吓我一跳!

这两个小子关于未来的志向向来是既另类又抽象,好比迷路小时候想当"猫头鹰"或"钢铁人",DD 一度想当"一颗石头",那些梦,总是潇洒地飞行在一条不着边际的航道上。

像这样一个怪怪外星人家庭里,我们首度出现如此接近地表的志愿。

老木忍不住好奇:"DD,那你为什么突然想当领导人呢?"

DD 说:"因为我想改变一些尿尿和走路的事。"

"哈?当领导人是为了改变一些尿尿和走路的事?米米没听懂耶。"我说。

DD 说:"因为我想让外面的女厕所(公共场所),都要变成比现在多出好多好多间酱子(提高比例),不然女生每次都要排

好久的队,太不方便了,万一妈妈在里面排队的时候,小孩在外面乱跑不见了,或发生危险怎么办?

"还有,像华山(艺文特区)的女生厕所在二楼,如果推着娃娃车的妈妈要怎么上去?要抱着大便在尿布里的Baby很麻烦耶;还有,不会自己穿裤裤、擦屁屁的小朋友尿尿、便便很急的时候,还得跑到更远的那间厕所才不用抱上楼梯,大人又不会有这种事。(他的意思是,每个厕所都应该考虑到亲子与身障者的需求,而非单一满足一般正常成年人,园区的面积不像家里,厕所与厕所之间距离数百米,而幼儿通常都是在最后一秒才表达上厕所的需求。)

"还有,现在很多亲子厕所都在女生厕所里面,像葛格那种长得很大但其实还是小朋友的小孩就不能进去了,他要在外面等你排队,一直等一直等,你又会担心。还有还有,如果是爸爸一个人带小朋友出门的时候怎么办呢?小Baby要换尿布的话怎么办?假如爸爸带妹妹(女儿)去上厕所的话更麻烦了。

"还有还有还有,如果我是领导人,我就可以把人行道弄好好,现在的路很难走,一下高、一下低,眼睛看不见的人跌倒了怎么办?坐轮椅的人怎么往前?推娃娃车的妈妈没办法走,只好都推到大马路上,好多车呼呼呼地开过来,跟车子挤来挤去好危险噢!

"还有还有还有还有，如果我是领导人，我会把每个地铁出口都重新盖好手扶梯跟电梯，现在也太奇怪了，每个地铁站都只有一个出口有电梯和手扶梯，那如果像公公那样膝盖会痛痛的老头头，或者是生病的人和脚不能走的人，又正好不住在那个出口的地方怎么办呢？他们已经很累了，还要逼他们过更多马路或绕更远的路才能回家，很笨耶！

"好好的人就算真的不要那些电梯和电扶梯也还是可以走啊！电梯和手扶梯本来就是要先去帮不方便的人啊！"

我突然很敬佩眼前这个七岁的小一男孩，很稚气、很直白地说出了市政建设不够照顾弱者的事实，虽然那些项目较接近于市长的工作，不过小朋友并不想研究这么多。

我说："DD，原来你是为了这些事啊！这都是些既渺小却巨大的事，你不但细心观察，而且还用心体会，棒到不行！"

DD 想了想，歪着头又说："还有还有还有，我觉得很奇怪耶，所有负责这些事的人不都是大人吗？为什么大人连这么小的事都不做好啊？还说小孩看《海绵宝宝》会变笨，大人没看也很笨啊！"

是啊，不都是些连孩子都懂的事，不都是些芝麻小事儿，不都是平民生活，不都是众人之事，也不都是你我长期缺乏，

却早已缺乏到麻木的事?

"DD你超帅的!很有社工特质喔!希望你长大以后能成为一个很棒的大人,然后努力改变不完美。还有还有还有……无论你以后想当什么,米米都投你一票!"我说。

(PS:这里单纯只谈一个寻常孩子的生活困扰与心愿。)

【领导候选人催票中】

如果我是领导人

如果我是领导人,我要把所有的作业取消,然后十点再起床上课、上班,

小朋友的椅子全部通通都改成懒骨头;

然后每个礼拜周休四日,还有寒假放三个月,暑假放八个月。

这些就是我的领导候选人意见。

可惜的是年龄要满二十岁才能投票,如果降低投票年龄到小学生,我一定会高票当选。

最后催票！电话民调唯一支持四号迷路！

投四号迷路，保证迷路！

（算一算，一年只上学十二天，这……）

玉米与老鼠

"咦?老师不是只给了你们一根玉米吗?那……这位老鼠先生是哪个单位派来的啊?哈哈!"我问。

迷路说:"因为我画太快了,老师说提早画完也不能先下课,我怕我的玉米等太久会无聊,所以就补了一只老鼠,让玉米有点事做。"

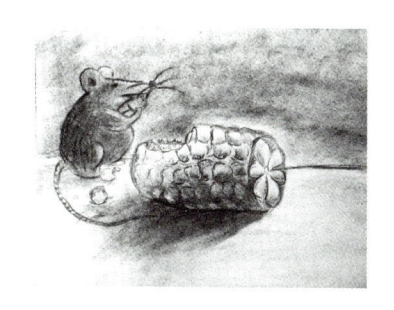

一场宝可梦的修行

恐惧多半是想象出来的。

关于那些玩宝可梦玩到死伤的人,大概就是小时候没玩够,爸妈控制太多,一厢情愿地替童年画了太多结界;所以当这些人长大之后,面对突来的任何一点小小刺激,都有可能无限上纲地晕船。

孩子吵着要玩宝可梦,可不可以呢?

当然可以!即便只是游戏,历程里一样能达到机会教育的目的,不过那是有条件的。首先**爸妈的原则很重要**,孩子必须先完成自身应当完成的工作,并且在时间上也该有规范,任何3C都不能使用过量。

边抓宝边学习人生大小事

陪着孩子到安全的地方抓宝,同时也培养孩子慎观八方的能力,举凡不足百分之百安全的环境,就必须让他们懂得收起手机的重要性,无论眼下出现多么稀有的宝贝,危及自身及他人安全的,都得断然舍弃。

这不但是**责任感的训练**，也是一种关于"放手"的人生哲学，两面都是修行。

在抓宝的过程里，迷路和 DD 发现人生经常得面临"强取"或"放下"的抉择，强摘的果实不甜，懂得放下获得更多，不仅保障了安全，在下一个转角柳暗花明又一村，喜出望外的惊喜或许就这么出现了。

训练判断力与自制力，强过处处画下结界

看到网络上疯传的有关宝可梦的新闻，我更肯定了教育的重要性，究竟应该剥夺孩子操练判断力与自制力的机会，还是拿出心思，花点时间陪着他们玩中学，并在适切的引导之下锻炼出更全面的心理素质？

断开行动的锁链却未必能断开魂结里的渴望因子，孩子不会一辈子留在你画的结界里，当某天他们跨出界外，立即会有成为脱缰野马的风险，而早先你却错失了替他们打好一把利剑与盔甲的机会。让一个手中没有武器的孩子与欲望赤身肉搏，想全身而退自然很难。

上星期，两个小孩提出想玩宝可梦的要求，我研究了一下内容，发现并无不妥，并且这个游戏之中还暗藏了非常高段的营销逻辑，很值得与孩子深入探讨，于是我陪着他们一起玩、一起疯。

没想到才玩了一周,他们就懒得继续了。

两个小孩说:"一开始我们只是好奇这个游戏到底是怎样,然后抓宝、练等级、对战之后,才发现其实也没想象中那么好玩啦,生活里有很多比这个更好玩的事呀!"

人性总如此,通常越是吃不到的东西越是在所不惜,一旦吃到,不过尔尔。

适量满足孩子探索新事物的欲望没什么不好,你可以把宝可梦当成病毒,也可以从中提炼出疫苗,人生没有一辈子的无菌室,只有面对各样感染风险却依旧强健的体质。

在这个世上,"被人家带坏"的看法是虚构议题,只有自己**孩子的判断力与自制力才是真关键,最大的仇敌不是别人,是自己**。只因自己一直都是个很害怕孩子"走钟"的妈妈,所以我选择正面迎战,陪着他们历经每一场修行。

地球妈咪 vs. 外星老木　对谈集

和友人聚餐，因为他是个媒体人，于是这场私人约会全程变得犹如采访一般，内容应该也是很多读者亟欲知道的问题，所以一并分享给大家。

友："你们家两个儿子为什么思想那么成熟？"

米："我觉得这纯粹是我们大人误解了成熟的定义啊，我思考了很久，透过多年的观察，发现我的孩子不但不成熟，反而太天真，只有天真的灵魂才能看穿事情的本质，大人往往只见物、不走心，所以容易把事情简化到只见形貌不见意涵的肤浅。"

友："唉，那为什么我们家小孩就没办法说出那些话呢？"

米："那些话与概念来自独立思考的能力。如果孩子从小没有思辨的机会，环境里缺乏自我探索的条件，他们一味被迫死记标准答案，一路被要求要听话、要服从，那当然就只能养成依赖别人提供答案的习惯，早早就废了武功啊！"

友："要怎么训练独立思考？怎么培养思辨的能力呢？我觉

得现在我们的亲子关系，有时是一种为了追赶时间而造成的麻木僵局。孩子每天在学校赶进度，放学后又赶功课、补习、学才艺，大人下班后盯着小孩写功课、复习考试，然后还有做不完的家事，这是要如何安插训练思考的行程？"

米："重点就在于父母看重成绩的程度了，从前迷路还在旧校的时候，我鼓励他早早把功课写完，完成后，我会带着他们用力玩耍、阅读或花上大量时间探讨世界。在课业方面，一到三年级的阶段里，我努力把课本当故事细细讲，也带着他运用图像化和联想式的方法去记忆，四年级开始，他渐渐学会了这样的模式，养成一套属于他自己的理解脉络。

"我不鼓励他拼命背书，我认为如果是深入理解的事，不用背就会了；但如果是当下不理解的事，背了半天也只是浪费人生而已；况且台湾地区的教材里僵尸知识一大堆，根本不需要背的数据啦、规条啦……却硬是要孩子死记。倘若是为了分数而死背，那根本是糟蹋生命的蠢事，不如拿那些光阴去阅读更多书籍、思考更多元的事物、去认识自我、去做家事，就算把时间拿去玩耍都好！"

友："你为什么心脏那么强？难道不担心孩子成绩不好影响未来？"

米："呵呵，我觉得影响未来的事情从来都不是分数吧？各种面向的能力特质才是关键，只可惜大家莫名其妙地爱把成绩等同于能力，那很瞎耶！你我都四十几岁的人了，走跳江湖可不是一两天的事，难道你不觉得我们所谓的'好学生'，说穿了是单一价值，指的仅仅是'记忆力好，擅长背书'的学生？那实在是太狭隘了吧。出了社会之后，记忆力好的确是某种优势，却不是唯一优势，那专才？责任感呢？态度呢？还有热情度、创造力、开创性、抗压力、领导力、解决问题的能力……这些价值岂不更重要？但这些东西背得了？考得出来吗？当然不行啊，有些事情得靠时间来养成，也就是说，举凡考不出来的事，爸妈相对得花上更多心力来完成。"

友："所以你平时都怎么训练他们呢？"

米："从孩子三四岁开始，我就不停地抛出问题让小小人儿去想想，这是每天的功课，也是随时随地都可以累积的实力，题材不限，完全随机，走到哪就想到哪。"

友："快点快点！举例来听听。"

米："因着年龄有所不同，幼儿阶段，我会讲书给他们听，不要以为孩子就只能听'故事'，其实自然生态很棒，科普、宗教哲学更好，适时转化成适合幼儿的语言，不要照本宣科。还有，日常生活里处处皆教材，学问唾手可得。"

1 阅读

讲完一则关于彩虹的原理之后,他们学到光谱和水的三态,但事情并非到此为止,你还可以引导他们思考更具哲学层面的事。

好比我会问孩子——

你们觉得彩虹是一种摸得到的东西吗?

那为什么看得到的东西却不见得摸得到?

你们喜欢彩虹吗?

看到彩虹的时候心里有什么感觉?

彩虹一下子就不见了,是不是觉得可惜?

那如果彩虹永远都挂在天上呢?

你们还会那么珍惜彩虹的存在吗?

让孩子想想看,更要让孩子说说看,说出心里的感受与想法,万万不能否定他们的任何答案,否则就断了思考的路,天马行空是很珍贵的能力。

2 生活题材

晚餐后，桌上的甜点很好吃，但如果只是吞进肚子里就没了，那便浪费了一次珍贵的学习机会；通常，我会跟孩子解说这块蛋糕在摆上我们家餐桌之前的漫长旅行。

从农人种麦、种可可、种水果和香草，母鸡生了蛋、乳牛挤出牛奶，一路到贩卖通路，然后到了甜点师傅的手里制成蛋糕，接着婆婆把它买了回来，于是你们正享受着这样的美好。在这个过程中，孩子累积了常识，也埋下感恩的种子。

米："到了小学以后，我们探讨事情的层面更广，除了原本惯性讨论的自然生态、科学、宗教与哲学之外，还加入科技、时事、性别、社福、环保、历史等议题，无时无刻都能启动孩子的'想想模式'。

"小孩玩烹饪的时候，我们在厨房里从柠檬鲈鱼聊到泰国文化；写语文作业的时候，我们深入探讨文字的演变，象形、指事、会意、形声；看完《冰原历险记》(Ice Age)，我们一起翻书，找出人类演化的过程，看看尼安德塔人和智人如何繁衍消长。"

友："哇，果真处处皆教材啊。"

米:"没错,甚至就连米米换了新手机,母子三人都可以热烈探讨人工智能未来的发展性,聊着聊着,又从人工智能聊到造物者层面的宗教概念里,甚是好玩。"

友:"你们的亲子关系也太精彩了,我还想问问,孩子离开旧校之后,情况有什么不一样吗?"

米:"情况大大不同了,从前只能靠着我在家庭教育里单方面建构孩子的思辨能力,学校与家里,像是切割开来的两个世界,一到了学校,孩子只能乖乖坐好,乖乖听、乖乖写、乖乖背、乖乖考。

"但现在就不一样了,他们的世界整合了,有了更全面的思考训练,没有需要死记的标准答案,所有答案都是孩子自己找出来的,学生有更多深入讨论与上台报告的机会,学习更有深度,教学程度上明明是加倍的难,但迷路却爱上上学和写功课。"

友:"你怎么那么勇敢啊?难道离开体制不怕吗?"

米:"谁会害怕更好的东西呢?我觉得你们的害怕都是来自不够了解的想象!"

友:"我不知道,反正我个人是觉得离开体制很恐怖!"

米:"我只能说,大家都把背书考试与做学问画上等号了,对我而言,那才是真恐怖!真正的学问不是被迫学习,而是能燃起孩子对于求知欲的主动追寻,快乐地向前跑、快乐地追根究底。

"赶进度叫囫囵吞枣,吸收了多少?只有孩子自己最清楚,考一百分也不代表真正的懂,考完就还给老师,吃完就拉掉是常态。像迷路现在常常为了做好一份报告而热血、翻书、找资料、上博物馆,对于探讨议题深入再深入,连半夜尿尿完都会跑来跟我说:'米米我又想到更好的答案了!'这样扎扎实实的学问才是自己的,当知识内化到灵魂底层之后,谁也拿不走。"

友:"我现在终于知道你的孩子为什么不一样了,也许天赋是一部分,但勇敢的外星人老木是更重要的一部分!"

米:"其实当个外星老木是很幸福的,到头来,孩子教我的比我教他们的还精彩啊!"

后　记

　　如果说，这世上即便DNA相同的同卵双胞胎都不可能拥有百分之百相同的指纹，那么孩子的灵魂又怎么能穿上统一的制服？

　　身为爸爸妈妈，我们的脑袋必须时时更新版本，拿掉教条，摆脱框架，我们不盲目从众，因为我们知道拥挤的地方不见得是好地方。亲子与教养应该是一场客制化的精心款待，越合身，越美丽；剪裁越细致，孩子越能温柔相应。

　　目前你我的孩子都还小小的，未来需要克服的艰难也还多着呢！但这一路你我相伴就不难行，即使用尽洪荒之力也不寂寞，感谢你一直以来的陪伴，米米、迷路和DD，有你真好。